誰會愛上你受的傷

Someone who will Love you in All Your DAMAGed Glory

Raphael Bob-Waksberg

拉菲爾・鮑布－瓦克斯伯　著　聞若婷　譯

獻給達薇（Dahvi），我心居住的房屋

目次

我對天發誓，這只是薄鹽馬戲團腰果

約會進行得很順利。他長得帥，有魅力，符合他在網站上自稱具備的一切條件。她決定了：她喜歡他。她決定了：他是那種可以介紹給姊妹淘認識的男人。

吃完晚餐，他邀她回家坐坐。他開了瓶葡萄酒，給她倒了一杯。他也遞給她一個細細長長、有橡皮蓋子的罐子：「要來點薄鹽馬戲團腰果嗎？」

「什麼是馬戲團腰果？」她問。

「打開來，」他說，「妳看了就知道。」

她看著罐子。標籤上寫著：腰果公司獨家出品，然後是粗體大字：**薄鹽馬戲團腰果**，然後較小的字體寫著：**美味！鹹香！**然後是更小的字：**成分：腰果、鹽**，側面有張畫，是個拿著鞭子的男人——馴獅者——整個罐子的設計都以馬戲團為主題——然後馴獅者的嘴巴冒出一個對話框，對話框裡寫著：**哈囉，朋友！**請享用這些由腰果公司提供的新鮮薄鹽馬戲團腰果。選用頂級食材，以完美比例調和，此罐中只有最美味的薄鹽馬戲團腰果；當你拔開蓋子時，絕對不會有一條繞在彈簧上的假蛇跳出來嚇你，如果你在擔心這種事的話。不，不，斷了這個念頭吧，我對天發誓，這裡只有腰果。我對腰果的事可是百分之百地誠懇。這裡面為什麼會有蛇呢？太荒唐了。聽著：如果你打開這個罐子，結果有條假蛇撲向你，那麼我允許你永遠不再信任我，但只有微乎其微的可能，這是一場為了讓你出糗而精心設計的騙局，你何必因此而錯失吃到美味薄鹽腰果的機會呢？好吧，我看得出你還是不打開罐子，我能理解。也許你謹慎一點是對的。畢竟你曾經上當過，你的心飽經風霜、傷痕累累，許多人沒有善待你，時間也無情地侵蝕你。你不是笨蛋，然而你一再地被你那鵝卵石般的心臟上的裂縫絆倒，你讓自己被赤裸的愚蠢希望給主宰了。也許每一罐腰果裡都躲著一條假蛇，你卻傻傻的，不斷打開那些罐子，因為在你的內心深處，你還是相信世界上有腰果的存在。而每次你發現腰果罐的殘酷謊言，你都向自己發誓，下一次要少相信別人一點，你的心要少敞開一點，要硬一點。這不值得，你說。根本不值得。你夠聰明，不會重蹈覆轍。從現在開始，你要放聰明一點。唔，我來這裡是要告訴你，這次不一樣，雖然我完全沒有證據能支持這個說法。打開這個罐子，一切都會好好的。薄鹽馬戲團腰果在等你，好順口、好美味。你會很慶幸你信了我這一回。這次不一樣；我向你保證不一樣。我何必騙你？我有什麼理由要傷害你？這次沒有蛇在等。這次一切都會很美好。

短篇故事集

一、人有分兩種，他心想：一種你不想碰，是因為你怕弄碎他們，另一種你不想碰，是因為你怕他們會把你弄碎。

二、她突然發現，她喜歡處於戀愛關係中這個「概念」，更甚於她實際建立戀愛關係的任何對象。

三、「妳跟別的女孩不一樣。」他對每個女孩說。

四、她告訴他，她愛他、關心他，他沉醉在愛情中而暈了頭，並沒有意識到她是要跟他分手。

五、他不信任照片比本人好看的人。他正在打造一個系統，讓他最後可以不必信任任何人。

六、「我從沒想過我可以這麼快樂。」她幻想有一天這麼對某個人說。

七、「我根本沒有想妳。」他等不及要告訴她，在她找他復合的時候。

八、他有一項真的很厲害的派對把戲，有時候他可以整整一小時都不會突然想起那令人癱軟的事實：他的人生是有限的，而且一去不回頭。

九、她突然發現，她喜歡她丈夫和孩子和所有朋友和工作和人生的「概念」。她喜歡所有事物的概念。

十、人有分兩種，他心想：一種你不想碰，是因為你怕弄碎他們，另一種則是你想弄碎他們。

最神聖最吉利的一場盛會

如果你想聽到一大堆人針對「該怎麼辦婚禮才對」發表意見，最好的方法就是告訴別人你要結婚了，我跟你保證，這下子他們的口水會淹到你的胳肢窩。就我個人來說，聽所有人的意見這部分並不是我向朵蘿希求婚的主要原因——我向她求婚是因為我愛她——可是我們一告訴別人，大家都把這視為親手奉上的邀請函，邀請他們對我們下指導棋。

「你們一定要在紅毯兩邊擺滿蠟燭。」朵蘿希的好姊妹妮琪在我們告訴她之後馬上就說，她甚至還沒來得及說聲恭喜。「而且蠟燭應該要沿著紅毯愈來愈高，象徵你們的愛和承諾每天都變得更堅定、燃燒得更明亮。」

「我們想辦個小而美的婚禮，」我說，「我們真的不想把婚禮搞得太複雜、太鋪張。」

「可是，彼得，你們一定要有蠟燭。」妮琪說，「不然的話，那些半盲的愛情惡魔要怎麼把你們的名字抄到《永恆奉獻之書》上？」

「噢——」朵蘿希畏縮了一下，「我忘了還有半盲的愛情惡魔要把名字抄到《永恆奉獻之書》上這件事了。」

我扭動身體。「妳不覺得那有點老派嗎？我是說，我表哥傑瑞米結婚時沒有準備蠟燭，而即使沒有愛情惡魔抄名字這個步驟，他的婚姻也安然無事。」

朵蘿希目光快速瞟向我，我知道她在想什麼。我表哥傑瑞米上星期不是才在抱怨他老婆買的新地毯嗎？要裝在他們挑高式祈禱茅屋裡第二間亂踢聖所的地毯？也許要是他們結婚時有準備蠟燭，讓半盲的愛情惡魔能準確地把他們的名字抄到他的書上，他們現在就會有比較好的溝通技巧。我看得出這是一場我贏不了的戰爭，但我再次強調：「顯然我們不能什麼都做，我們正試著把典禮簡化。」

妮琪不為所動。「好吧，不過準備蠟燭是有多複雜？我又不是叫你去租個軟式飛船之類的。是蠟燭耶。說真的，在儀式幫手就可以買到了。」

朵蘿希用她顏色介於榛果和巧克力之間的大眼睛看著我，我知道這是她想要的——雖然當初是她說我們應該辦一場簡單的婚禮。

「唔，那我們就看看儀式幫手上有什麼好了。」我說。

朵蘿希像「耶魯節豬火」一樣整個亮起來，我無奈地心想我們的婚禮絕對會在紅毯兩邊排放漸層蠟燭了。

但每個人都有意見的，主要是在典禮的什麼時機要把山羊獻祭給石頭神。

「應該要早點做，」我娘說，「那樣你就趁早了卻一樁心事，大家都知道石頭神滿足了，所以這是一樁合法而受到祝福的婚姻。」

「妳在開玩笑嗎？」我弟說。他正在大學修宰羊，所以意見當然多得很。「妳知道那有多少血嗎？屠宰要放在最後，否則跳『戴綠帽的林地妖精之舞』時，踩到羊內臟會滑倒，血也會沾到婚袍上，到時候婚禮錄影會被放上失敗婚禮的部落格。」

在那一刻，我實在不忍心告訴他我們根本不打算跳「戴綠帽的林地妖精之舞」，還有我們大概不會穿傳統的婚袍，更絕對不會雇用婚錄。

我娘搖搖頭。「其實並沒有那麼多血——」她直視我弟，「——只要請到好的屠宰師。」

他整張臉漲紅，每次他覺得大家不把他當一回事的時候他就會這樣。「就算妳請到城裡最好的屠宰師，」他說，「就算妳請到永遠神聖的約瑟夫——」

「拜託，」我娘嗤之以鼻，「這麼臨時根本請不到永遠神聖的約瑟夫。」

「即使可以，」我弟說，「我告訴妳，還是會有很多血。」

朵蘿希用餐巾蓋住她的紅醬義大利麵：「我吃飽了。」

「很抱歉，」從橄欖園開車回家的路上我說，「我知道我的家人有點激動。」

「我愛你的家人，」朵蘿希說，「他們只是想幫忙。」

「我們應該私奔的。」我說，「我們大可以避免這些壓力，把錢花在蜜月上。」我在說的同時，自己都知道在說蠢話，因為，一、哪來的錢？我們辦得起婚禮的唯一理由，是因為朵蘿希的爸爸是占卜符文公司的大人物，而他讓他的部門贊助我們。我一開始對要辦一場由企業贊助的婚禮感覺有點矛盾，不過畢竟他是朵蘿希的爸爸——我們又不是要誘騙亮視點眼鏡公司之類的——如果這表示我們能在好的教堂辦婚禮，有彩色玻璃和舒適座位，而不是在活動中心的多功能廳辦婚禮，無論你在那裡點多少蠟燭，它永遠聞起來都有點消毒劑和茅屋起司的味道——好像有人試著用消毒劑去消除茅屋起司的氣味，結果消毒劑的味道太重了，所以他們又弄來更多茅屋起司，一直到今天他們還在努力找到消毒劑與茅屋起司的完美比例——唔，如果我們能避免那所有亂七八糟的事，那麼也許掛幾幅典雅的占卜符文公司布旗，並且在我們的誓詞中簡短提及平價的、經過雙重聖化的占卜符文為我們帶來許多益處及用處，也是值得的。不過，進一步來說，二、即使我們有錢去某個地方度蜜月，我們兩個也都知道我不能休假。我已經在計畫要在收成週工作了，因為採石場在所有假日都付一點五倍的薪水，而我指望藉這個機會補貼房租，讓朵蘿希能安心攻讀社工碩士學位。

「真正讓我抓狂的就只有山羊這件事而已，」朵蘿希說，「一旦我們解決了山羊問題，其他事都會迎刃而解。」

突然間，我有個瘋狂的想法。瘋狂到我覺得我根本不能說出來，但它一鑽進我的腦袋，我就覺得不吐不快，所以我衝口而出：「妳希望不要獻祭山羊？」

朵蘿希沉默了一會兒，我知道我一停車，她就會跳車跑走，再也不跟我說話，而我再見到她會是在排隊結帳時隨手拿起不入流的八卦報，她就在頭版的照片裡，標題是：「我的未婚夫不想獻祭山羊！」

然而朵蘿希卻說：「可以這樣嗎？」

我說：「朵蘿希，這是我們的婚禮，我們想怎樣就怎樣。」

她嫣然一笑，我的心情勢必就像克拉克．肯特聽到有人在討論超人時那麼爽。

可是申請結婚證時，想怎樣就怎樣還真是給我們惹來不小的麻煩。

「你們要獻祭幾隻山羊給石頭神？」五號窗的女人問。

「我們沒有要獻祭任何山羊給石頭神，」我驕傲地說，「這不是那種婚禮。」

女人低頭看看她的表格，然後再抬頭看我們。「所以，像是五隻之類的？」

「不是，」朵蘿希說，「零隻。」

排在我們後面的男人哀怨地嘆了口氣，動作誇張地看手錶。

「我不懂，」女人說，「你的意思是一隻或兩隻？石頭神不會喜歡收到這麼少的羊。」

「不是，」我說，「不是一隻或兩隻，是零隻。我們要獻祭零隻山羊給石頭神。」

她皺起鼻子。「唔，表格上沒有零這個選項，所以我就幫你們勾選五隻了。」

接下來，朵蘿希的好姊妹妮琪馬上來拜訪我們。「我聽說你們只打算獻祭五隻山羊。」

「不——」我剛開口，她就把我打斷。

「如果你們不獻祭至少三十八隻山羊，我媽就不來了。妳知道她在這類事情方面很傳統。」

「唔，這場婚禮不是為妳媽辦的，」朵蘿希沒好氣地說，「我們不想來獻祭山羊那一套，如果她不能表示支持——如果她不能支持**我們**——那妳媽就不該來。」

「哇。」妮琪說，然後為了強調，她又說了一遍：「**哇。**」

當然，我弟整個心碎了。「等消息傳出去，說我哥在婚禮上不獻祭山羊，我該怎麼面對宰羊課的朋友？我會成為笑柄！」

「你不是重點，」我說，「這些事無關乎任何人，除了要結婚的兩個人之外。」

「你好像很緊張，」我娘說，「你確定如果你乾脆就獻祭十隻山羊，不會感覺好一點嗎？」

「十隻?!」我弟說，「這簡直是種侮辱！老實說，到了那個地步還不如就一隻都不要獻祭，然後希望石頭神根本沒注意到。」

「是啊，」我說，「我們就是這麼打算的。」

「好吧，」我娘說，「山羊的事先不管了。但我很擔心你和朵蘿希，你們想要自己安排整件事。」

「這不是『整件事』，」我說，「其實重點就在這裡，這不是『整件事』。」

「你們何不跟婚禮企劃師見個面？也許有別人分勞可以緩和你們兩個的緊繃。」

「我們沒有緊繃。」我說，音量大了點、速度快了點，態度適足以證明我們絕對有點緊繃。

「聽起來你們有點緊繃。」我弟提出觀察，等他修完宰羊課程後，接著上一堂少管閒事的課應該對他很有幫助。

「唯一的緊繃來自外界，」我說，「是外界壓力。朵蘿希和我之間沒有緊繃。再說，誰要付請婚企的錢？我不能向朵蘿希的爸爸要更多錢了。」

「那就不要請婚企呀，」我娘說，「只要約一個婚企見面，看她有什麼意見。」

所以我們就跟婚禮企劃師克萊瑞莎約了見面時間。

「關於我們，妳需要知道的第一件事，」朵蘿希對婚企克萊瑞莎說，「就是我們真的不打算辦一場花樣很多、龐大又複雜的盛會。」我真高興朵蘿希這麼說，再次證實我們確實百分之百沒有任何緊繃。

「好的，」克萊瑞莎說，「那麼你們想要什麼呢？」

「很簡單，」我說，「我們走過紅毯，朵蘿希看起來很美，我穿著西裝。司儀牧師說幾句跟愛有關的話，然後我說幾句話，接著朵蘿希說幾句話。也許艾絲特阿姨可以朗誦葛楚德・史坦的詩。然後司儀牧師說：『唔，你們相愛嗎？』我說：『嗯。』朵蘿希說：『嗯。』接著我們接吻，大家鼓掌，然後我們跳舞——」

「戴綠帽的林地妖精之舞？」

「不，不是『戴綠帽的林地妖精之舞』，只是一般的舞，像是〈又扭又叫〉或是〈愛到瘋狂〉之類的。我們跳兩個小時的舞，然後大家就回家去。就像最基本的宜家家居百搭款婚禮。」

「可是那實在很不浪漫。」朵蘿希的好姊妹妮琪說，基於某種原因，她也參加了這場會議。

「事實上它非常浪漫，」我說，「因為它只跟我們有關。它跟那些與我們無關的其他事情都扯不上關係。」

「葛楚德．史坦跟你們有什麼關係？」妮琪不屑地說。

朵蘿希微笑。「我們兩個都很愛葛楚德．史坦。我們在最初幾次約會時，就去看了《浮士德點燈記》。」

「我喜歡這部分，」婚企說，「它很特別，專屬於你們，而且有意義。但我想要先繞回『不想辦得太盛大』這件事。你們對這一點有多堅決？一到十分？」

「十分。」我說。

「十分。」朵蘿希說。

「好，所以頗為堅決，但也許還有一咪咪轉圜的空間？」

「沒有。」我說。

「沒有。」朵蘿希說。

「好，我喜歡你們兩個有共識。不過我希望確保你們能從實際的角度來考量，因為把典禮辦得盛大的原因，是它隨時可能被尖叫合唱團突發性的『啜泣加亂踢加鬼哭神號』給打斷。『啜泣加亂踢加鬼哭神號』可能持續至少二十分鐘——所以如果你們沒有足夠的其他節目撐場面，突然間整件事的主角就會變成尖叫合唱團，那麼你們就不會有你們想要的那種小小的特殊感受了。相信我，我見過這種事。」

朵蘿希在她的椅子上往下垮，我試著拿出兩人份的堅強。

「可是我說的包括這部分啊，我們沒有要找尖叫合唱團。」

朵蘿希像燈塔一樣旋轉，燈光直接照向我：「等一下，我們真的沒有要找尖叫合唱團？」

「婚禮的樂趣有一半就在他們身上！」妮琪說。

「並沒有到一半。」我抗議，但妮琪更加強調地說：

「一場婚禮確實其百分之五十的樂趣就在於你永遠不知道尖叫合唱團什麼時候會開始『啜泣加亂踢加鬼哭神號』。如果不找尖叫合唱團，何必辦婚禮？」

「因為我們相愛。」我怯懦地爭辯，我覺得要是我得再說一次，我們根本不需要尖叫合唱團了，因為我自己就會開始「啜泣加亂踢加鬼哭神號」。

朵蘿希還在沉思。「我猜我從來沒想過我們連一個小型的尖叫合唱團都不會有。沒有尖叫合唱團，感覺不像真的婚禮了。」

婚企齜牙咧嘴，好像她真的覺得我們在她面前進行這番對話讓她很難為情，好像這是她第一次看到情侶對婚禮的細節意見不合。「聽起來在我能真正知道怎麼幫你們之前，你們兩人還需要多聊一聊。」

「絕對是。」妮琪很踐地說，我覺得既然妮琪這麼愛克萊瑞莎，也許她們應該結婚，這樣她們愛請多少尖叫合唱團都隨她們去。

到了這時候，我們兩人都需要提振一下精神，所以我帶朵蘿希去儀式蛋商店看看承諾蛋。我知道嚴格說來，新娘在典禮前看到她的承諾蛋是不吉利的，但有件事愈來愈明顯：比起剛開始我們一起決定，我們都贊成要辦一場很輕鬆、很迷你、不花俏也不複雜的婚禮時，朵蘿希所展現出的態度，她實際上對這場婚禮或許有更多想法；於是進一步來說，另一件事也變得愈來愈明顯：如果我沒有採納她的意見，就自己挑了一個承諾蛋，我一定會搞砸，而它將在我們剩餘的婚姻生活中端坐在我們客廳的展示箱裡——活生生地證明我搞砸得有多嚴重，證明我總是搞砸，證明我還會永遠繼續把事情搞砸。

儀式蛋商店的所有人都很友善，且為我們興奮。「恭喜！」銷售員莎賓娜說，「你們是很棒的一對，我已經能看出來了，我想幫你們找到最完美的承諾蛋。告訴我你們想找什麼。直接丟一些關鍵字給我，我們隨興一點。」

「小一點的，」我說，「也許四十五公分到六十公分高？」

莎賓娜點點頭。「小蛋現在很流行；你們品味很好。我們在考慮銀的嗎？白金？玫瑰金？」

我設法鼓足自信，嘟噥道：「我們在想，也許可以從紅銅的開始看起？」

莎賓娜完全沒有停頓：「當然好！我們有一些漂亮的紅銅蛋，這是個很棒的起點。我去拿一些品項來讓你們參考。」

「抱歉，」朵蘿希說，「我知道妳大概是抽佣金的。」

莎賓娜笑了。「我保證，我們會找到很棒的蛋。」她握了握朵蘿希的手臂，便走向內室。

「妳不需要道歉。」我說。

「我覺得內疚。」

「我們跟任何人一樣有資格來這裡。」我這話既是說給朵蘿希聽，也是說給自己聽。

銷售員莎賓娜秀給我們看了一連串的紅銅蛋，每一個都稍微超出我的預算，每一個都跟朵蘿希一直幻想擁有的承諾蛋有那麼一點點差距。她擺出勇敢的表情，但我能聽出她嗓音中透著失望，說：「這一個感覺像我爺爺奶奶的承諾蛋。」

莎賓娜點點頭。「唔，紅銅蛋確實感覺比較……傳統一點。」

店鋪另一頭，另一對情侶在白金蛋那一區玩得很嗨。男的正試著舉起一百二十公分高的蛋，還配合各種愚蠢的表情。他們看起來像是特地為了購物而精心打扮，不然就是買完蛋以後，他們要直接去搭遊艇或是打高爾夫之類的，不然就是他們本來就隨時都穿得這麼漂亮。我突然間注意到我的牛仔褲有多髒。

「你們有沒有比這高檔一點的蛋？」我問。我到過擺著紅銅承諾蛋的家，它們一向看起來夠好了，但是在這間店裡，跟其他的蛋一比，它們顯然很渺小又不起眼。我看著朵蘿希用手指描著其中一顆蛋上粗糙的蝴蝶紋路，看得出她有同樣的想法，即使她絕對不會承認。

「你們也許想看看銀的？」莎賓娜問，「我知道你們不想要太花俏的，不過我們的銀蛋有一些很素雅的款式。」

朵蘿希看著我，好像在說：*可以嗎？*

「我們就『看看』銀蛋好了。」我說，這個句子立刻一躍登上「我所說過最蠢的話」榜首，驚險地擠下「我可以加辣嗎？」和「我比較喜歡妳原本的髮型」。

銷售員莎賓娜帶我們到一間內室，她給我們看的第一件物品是一九五四年生產的菲力克斯．渥伊諾夫斯基銀蛋，上頭裝飾著稀有的寶石，還有綵帶般的聖像花紋。

「這一個可能有點太高調了，妳不覺得嗎？」我說，向在場每個人保證我的主要考量不是價格，而是它太張揚了。

「我不知道耶，」朵蘿希說，「我覺得挺好看的。」

「是啊，」我說，「好看是不在話下，不過也許有一點賣弄？」

「這個如何？」莎賓娜問，「這是新風潮——它是鍍銀的，所以看起來優雅，又不會太厚重。」

朵蘿希點頭。「彼得，你聽到了嗎？『鍍』銀的。」

我微笑，往下一瞥標價——它的價格是最貴的紅銅蛋的八倍。

「是啊，這些都是很棒的選項，」我說，「妳真的給了我們很多值得思考的事。」

可是朵蘿希已經思考出結論了。「我想要在婚禮上有個驚喜，所以我去車上等。彼得，我相信無論你挑中哪個，我都會很喜歡。」

她走出去，莎賓娜朝我微笑，說：「我們要不要看看白金款的呢？」

我不禁畏縮。「真希望妳能看看我們的公寓。像我們這樣的人通常不會買那種承諾蛋。」

「唔，其實承諾蛋是家裡最好的東西，也是滿普遍的狀況。」莎賓娜很有幫助地提出。

「妳覺得如果我買了紅銅的，朵蘿希會不會恨我一輩子？」

「當然不會！她說了無論你挑中哪個，她都會喜歡，我認為你應該認真看待別人說的話。」

我點頭。

「話雖如此，」她基於某種原因又接著說下去，「她看到渥伊諾夫斯基的時候眼睛真的亮了起來。」

我想著朵蘿希。我想到我們第一次約會，我打算帶她去露天汽車電影院，結果我的信用卡刷不過。我感覺像個大白痴，但她提議開到山丘上，無聲地看完整部電影。我們自己編對話，結果這在愚蠢中發揮了更有趣也更浪漫的效果，那天晚上我就跟自己約定，我要盡一切努力，用我的餘生去愛這個女人。

「妳可以先保留渥伊諾夫斯基嗎？」我問，「我『暫時』買不起——但是我想買。」

莎賓娜齜牙咧嘴。「我真的不應該……可是你們看起來真的很相愛……我大概可以把它塞到某個地方藏兩個星期。」她朝我眨眨眼睛，我的心裡像有一堆小小鳥騰空飛起，我暗自決定要在Yelp網站上留下好評，還要用銷售員莎賓娜的名字為我們第一個女兒命名。

我滑進車裡，朵蘿希說：「別告訴我你買了什麼，我想有個驚喜。」

「我什麼也沒買。」我說，「我決定用美術紙和毛根自己做一顆蛋。」

「哈哈。」然後：「不過你不是認真的吧？」

「我以為妳想有個驚喜。」

「在這裡工作一定很棒。」朵蘿希說，「因為整天都跟相愛的幸福情侶在一起，而且你可以協助他們一起計畫未來。」

我說：「是啊，而且甚至不需要有社工的碩士學位。」

朵蘿希看我的眼神像在說：夠了，老兄。

我看她的眼神則像在說：本來就是嘛！

她看我的眼神像在說：我該拿你怎麼辦好？

好消息是隔天採石場出了意外，法蘭琪．沙爾夫跌斷了她的腓骨。對法蘭琪．沙爾夫來說這不是好消息，她的丈夫已經失能了，對喬伊．齊洛特尼克也不是好消息，他是必須爬上梯子把「未發生職場意外的累積天數」牌子歸零的人，因為就在他試著調整那個巨大的「零」時，他摔下梯子跌斷他的腓骨——但這對我來說是天大的好消息，因為這表示我在採石場可以排到額外的班表。我知道這件事本身可以說喜憂參半，因為我工作的時數愈長，發生意外並跌斷腓骨的機率愈高，不過就我看來，利大於弊。就我看來，利包括：

一、這讓我在管理部門的大衛和大衛眼裡顯得真的很有拚勁與團隊精神。

二、我能領到更多錢。這是很重要的利，因為這表示我能應付意料之外的支出，譬如說我的未婚妻突然決定她想要渥伊諾夫斯基承諾蛋或是請尖叫合唱團來我們的婚禮，即使她知道我們沒有預算做這些事。

三、我能領到更多錢。這跟上一點有關聯，但不完全一樣。前面說的「我能領到更多錢」是實際陳述，但這裡說的更偏向精神層面。我在採石場加班時，我可以想想我現在是在賺更多錢來支應婚禮，同時也是支應我將和未來妻子度過的生活。這讓我感覺很爽，自己是個供應者，說起來很尷尬又老派，如果有人問起我會否認，但事實上感覺就是很爽。

四、這能讓我避免跟朵蘿希吵婚禮的事。這一項我感覺就沒那麼好了，不過事實是我們愈接近婚禮，就愈常爭吵。我們最新的爭執是要不要遵從「和大祭司肯尼・佐根菲共眠一週」的習俗。

「我得跟大祭司肯尼・佐根菲睡才行，」朵蘿希說，「這樣他才能向全村證明我是處女。」

「可是妳不是處女，」我說，「我也不是處男。」

「那不是重點。」她說，「這是習俗。如果大祭司肯尼・佐根菲沒有告訴全村我是處女，我媽會顏面無光。」

所以她去跟大祭司睡，而我在採石場加班。

我帶了砂鍋菜去法蘭琪．沙爾夫家。這或許是個錯誤，因為雖然法蘭琪看到同事真的很開心，但整個狀況真的讓我很難過。她和老公還有三個小孩住在一間很小的公寓裡。我覺得批評人家很不厚道，因為當然家家有本難唸的經，但水槽堆滿碗盤，牆壁布滿水漬——再次強調，這不是法蘭琪的錯，或是她老公的錯，他真的是個好人——但最糟的莫過於角落裡展示的承諾蛋。我認出它是店裡有的其中一款紅銅蛋——我差點說服自己為朵蘿希和我買下那一款。它在店裡看起來簡潔樸素——甚至是優雅——可是擺在法蘭琪的公寓裡，我看出它的本質：廉價。

我回到商店買下渥伊諾夫斯基。我用兩張信用卡來分攤費用。我想如果我所有休假都選在非假日，我就可以在假日工作，藉此賺取加給。

我想多付五十元，在一九五四年生產的菲力克斯．渥伊諾夫斯基標準純銀蛋上刻上我們的名字嗎？那當然。我也想要買跟這個蛋一套的特殊展示箱嗎？絕對要。在典禮上誰要負責捧蛋呢？

「我們可以透過酒神教會替你們租一個太監。」銷售員莎賓娜提議，「他們很專業。渥伊諾夫斯基比看起來重，我見過不止一場婚禮毀掉，就因為新人隨便找一位叔叔拿承諾蛋，結果他在儀式進行到一半時把蛋弄掉。」

「好吧，」我說，「我們就租個太監吧！」

那天晚上我興奮到睡不著，所以我開車去山谷眺望河水。我想著現在正跟大祭司共枕的朵蘿希，她一點都不知道她未來的丈夫剛剛為她做了什麼。我知道那顆蛋不重要，我知道真正重要的是我有多愛她——但那顆蛋象徵我的愛情，而當我想到我有多漂亮的象徵，我就覺得得意、覺得幸運、覺得受到祝福。我想到朵蘿希——我想到我們睡著時她頭擱在我胸口的樣子——我覺得得意、覺得幸運、覺得受到祝福。

然後最糟的事發生了：蓋文．卡切夫斯基在採石場連值兩輪班，在用電鑽時睡著了，結果害五個人摔斷腓骨。

大衛和大衛召開全體員工會議。

「不准再連值兩輪班，」其中一個大衛說，也就是負責發言的那個大衛，「太多人摔斷腓骨了。」

人群發出哀鳴，另外那個大衛，不說話的大衛，附在第一個大衛耳邊說了幾句悄悄話。

「還有，」大衛說，「從今天起，我們不再提供假日的一點五倍加班費。」

「不公平！」我大叫，「我很需要那筆錢。」

「我也是！」荷西說，他的廚房最近掉進一個汙水坑。

「我們都是！」黛比叫道，她有個小孩骨骼發展異常。

「這不是錢的問題，」大衛說，「而是關乎你們的安全。我們採石場是個大家庭，如果我們在工作時一直摔斷腓骨，我們的保險費率就會衝得很高，然後我們就得開始請人走路了。我們真的不想那麼做，因為，我重申：我們是個大家庭。」

「所以你的意思是我們假日不能加班？」

不說話的大衛在說話的大衛耳邊說了幾句悄悄話，他點點頭。「不，你們絕對可以。」他說，「事實上，如果你們假日加班我們會很高興的；我們只是不能付一點五倍的薪水，因為那會變成在鼓勵你們。」

「難以置信！」鍾凱絲說。

凱絲非常擅長煽動暴民，一時間她看起來真的要煽動起一些暴民了，不過她還來不及大顯身手，不說話的大衛就大聲說：「這事沒有辯論的餘地。」於是我們全都意識到事情的嚴重性，因為當不說話的大衛開金口，你就知道代誌大條了。

我回到儀式蛋商店。銷售員莎賓娜帶著燦笑迎接我。「嘿，大人物！你想再看一眼你的傑作嗎？」

我不敢看她的眼睛。「我需要折價換購，它太貴了。」

她看我的表情好像我說的是外星語。「你不能折價換購，你已經刻字了。」

「好吧，嗯，那我至少可以拿回請太監的錢吧？我們不需要他。我們把蛋留在展示架上就好。」

「那是捐獻給酒神教會的錢，你不能就這麼把錢收回來。」

「莎賓娜，妳一定要幫幫我。妳能不能為我想點辦法？」

莎賓娜往兩邊看看，然後湊向前小聲說：「我可以給你張折價券，下次消費可享八折優惠。」

我爆發了：「我為什麼會需要再買一個承諾蛋?!」

無計可施之下，我匆匆趕到占卜符文公司，搭電梯一路到頂樓。朵蘿希的爸爸在他辦公室，隔著窗戶俯瞰工廠廠房，監督著占卜符文的拋光和賜福。

「彼得！你找我有什麼事？」

「這個嘛……跟婚禮有關。」

「噢？」

「跟錢有關。」

「噢。」

我嘀咕嘀咕承諾蛋什麼的嘀咕嘀咕買不起什麼的。

朵蘿希的爸爸坐下來，看起來很為難。「承諾蛋象徵你對我女兒許下的承諾——承諾供應她的生活、保障她的安全。如果錢是我付的，那等於傳達了什麼樣的訊息？」

「我可以用工作來抵債。」我說，「我在採石場輪完班後，讓我來這裡的拋光作業線值班。這事甚至不必讓朵蘿希知道。」

他深吸一口氣，看著我的表情好像我是一碗沙拉，他剛在這碗沙拉裡發現一隻死掉的蟲子，而他現在在考慮值不值得花這個力氣叫服務生過來把我收回去。

「彼得，我真心希望你能重新考慮，山羊的事。」

我一聽頓時傻住，因為到了這時候，我真的以為山羊的事已經定案了。

「就山羊一案——」我開口說，但我立刻就因為用「就山羊一案」作為句子開頭太過詭異而自亂陣腳。這是個差勁的選擇。我以為我能駕馭，可是我不能駕馭。

「聽著，」他說，「我懂。想當年我們的婚禮，我們想要簡單一點，所以只獻祭了十二隻山羊。但如果你們不獻祭任何山羊，石頭神會生氣，祂會詛咒你們家，你們的第一個寶寶生下來會變成雕像。這我可不允許。」

「先生。」我說，叫他先生感覺很奇怪，因為朵蘿希和我最初公布我們訂婚的訊息時，他深深擁抱我，要我喊他爸爸，可是此刻我知道叫他爸爸會更奇怪。「先生，恕我直言，那種事真的發生過嗎？真的有人沒有獻祭，結果生下雕像？」

「這事發生在凱爾之妻身上了，在〈凱爾書〉第十二章第八節。」

「嗯，是啊，當然，它顯然在〈凱爾書〉裡發生了，但我的意思是你這一輩子，你認識的人有遇過嗎？」

他長吸一口雪茄，眼睛始終盯住我的眼睛。

「我認識的每一個人，」他說，「都有獻祭給石頭神。」

他抽出一枝大概比我的年薪還貴的筆，開始在支票簿上振筆疾書。「這樣吧，」他說，「你想獻祭山羊，我就付山羊的錢——不管你要多少隻羊我都買單，我甚至還會額外加一大筆錢，讓你去請屠宰師。你要找你弟弟宰羊，把我給你的錢另作他用，唔，那就是你的事了……」

「很感謝，但我只是想請你——」

「我覺得我提出的條件相當合理。」他說。

我點頭，對於自己竟然試圖跟占卜符文公司本地分部的實質負責人討價還價感到羞愧。

「我喜歡自認為是個講理的人。一個跟得上時代、老練、腦袋清楚的人。但我女兒絕對不能在沒有宰羊儀式的婚禮上結婚。」

我去了佐根菲之家。肯尼穿著浴袍來應門。「嘿，弟兄。」

「我要跟朵蘿希講話。」

「噢，這可不行，老兄。新娘跟大祭司共枕期間，新郎不應該跟她見面。」

「我必須跟她說話，跟她說是緊急狀況。」

肯尼．佐根菲嘟起嘴，瞇眼看我，然後關上門。幾分鐘後，朵蘿希穿著浴袍出現。「怎麼了？出了什麼事？」

「首先，嗨。妳看起來真美。」

「彼得，怎麼回事？」

「我在想婚禮的事，我覺得我們應該獻祭山羊。」

朵蘿希迅速把「憤怒的」這個形容詞削成動詞，然後對我憤怒道：「那就是所謂的緊急狀況？」

「唔，婚禮就在兩週之後，而我需要去山羊批發商店下訂單……」

「好，所以我想跟大祭司睡，就是愚蠢又老派，但只因為你弟弟是宰羊的，突然間——」

「不，不是因為那個。」

「不是你想要辦簡單一點嗎？」

「其實，」我說，「是妳想要辦簡單一點。但我們可以獻祭十隻山羊就好。有什麼大不了的？這能讓很多人開心。」

她把浴袍用力繫緊。「如果今天我們說要獻祭十隻山羊，明天就會是二十八隻，然後一轉眼工夫，我們就會變成那種兩百隻山羊的婚禮，大部分典禮都花在獻祭山羊上頭。」

「我只是說要是石頭神真的詛咒我們家，害我們第一個寶寶生下來就成了雕像，要把它生出來的人可是妳耶。」

她深吸一口氣，一時間，感覺話題可以結束了，不過接著她說：「聽著。」如果我對兩性關係有任何體會，那就是以「聽著」開頭的句子絕對不是好句子。沒人會說：「聽著，你說得太有道理了！你說得對！我們不要再爭執了！」

「聽著，」她說，「我思考了很多事。一部分是自己思考，一部分……是跟大祭司肯尼・佐根菲的對話。」

「對話？什麼對話？」

「好幾次對話，彼得。」

「妳為什麼要跟肯尼・佐根菲有好幾次對話？妳應該只是跟他睡而已——你們不需要有

對話。」

「有時候我們睡完，我們會對話。」

「這不是習俗的一部分。從什麼時候開始有這部分了？」

「有些男人，」她語氣有些尖銳地說，「事後喜歡聊一聊，而不是倒頭就睡。其實感覺挺好的。」

「好吧，所以你們有幾次對話。聊什麼呢？」

「你也知道，肯尼跟很多新娘睡過——應該說，大部分的新娘——而他說他通常不會看到新娘有這麼多……疑慮。」

唔，如果說我對兩性關係還有第二個體會，那就是比說「聽著」更糟的是有人說「我有疑慮」。

「妳有疑慮？」

「嗯，我有幾個疑慮。」

突然間我感覺像在跟另一個朵蘿希說話——一個新的、不同的、我不知道該如何與之交談的朵蘿希。我試著對到她的視線，但她不肯看我。「妳跟別人有對話，妳有疑慮——妳是怎麼搞的？」

「最近你在採石場花那麼長時間。我感覺永遠見不到你，而……我不認為那對我們的婚姻來說是個吉兆。」

「吉兆？誰會說『吉兆』？是肯尼．佐根菲說的嗎？」

「唔，他用這個詞把它說出來，但我本來就獨立地感覺它的兆不是那麼吉。」

「我在採石場拚得要死要活是為了能有錢給妳完美的婚禮。」

「感覺不像是這樣。感覺你加班到很晚是因為不想跟我相處。」

「妳認為我不想跟妳相處？」

「我只是說有這種感覺嘛！」

「嗯，如果我不想跟妳相處，我幹嘛跟妳結婚？」

「我不知道！」她大叫，「為什麼呢?!」

我立刻想到一百種不該說的話，但我絞盡腦汁也想不到一句對的話，所以我選擇喊出我想到的不該說的話中錯誤值最低的一句，也就是：「就那些正常的理由啊！」

我從來沒聽過任何人像朵蘿希現在一樣，用如此鄙夷的口氣啐道：「就那些正常的理由？」

「是啊，」我說，「正常的理由。像是，我愛妳，我想跟妳共度餘生。都是愚蠢的陳腔濫調，什麼即使妳惹我生氣時我仍然愛妳，還有每天最棒的一刻就是在妳身邊醒來。這些都是戀愛中的人典型會有的正常現象，簡直令我抓狂，因為我想要相信我們的愛情很特別——相信它比古往今來的任何人有過的愛情都更偉大更有趣——但令人心碎的真相是，我對妳的愛是如此一致、可預測又無聊。」

我看得出朵蘿希稍微軟化了，這很好，因為我已經詞窮了。

「這就是你想要在我們婚禮上獻祭山羊的原因嗎？」

「就山羊一案……我答應妳爸爸我們會獻祭山羊。我需要跟他拿更多錢，因為我買了菲力克斯．渥伊諾夫斯基承諾蛋給妳，而我買不起。」

朵蘿希抬手掩嘴，眼睛瞪得老大。「你買了渥伊諾夫斯基？」

「是啊，」我說，「很愚蠢。整件事都很愚蠢，但……我愛妳。」

朵蘿希微笑。「唔，那並不愚蠢好嗎。」她以一種若即若離的語氣說道，我知道她是想裝酷，但因為她的嗓音啞了，而且她的眼裡閃著淚光，這反而成了世界上最真誠的一句話。

「不愚蠢嗎？」我問，她搖頭。

「你在開玩笑嗎？」她溫柔而甜蜜地說，「我可是人見人愛呢。」

好，我告訴你，先前我就覺得朵蘿希很美，可是當我站在聖壇前，看著她穿著婚袍走進好的教堂——她身後有著彩色玻璃——唔，我就算活到一百歲，這仍然會是我見過最美的畫面。在那一刻我心想：這是辦婚禮最好的方式了，因為在這種婚禮上一切成真了，我可以把朵蘿希娶回家。

我弟自己負責山羊獻祭——我們最後敲定五十隻山羊，一個很好的整數——一切順利進行，只不過一個半小時後，在艾絲特阿姨朗誦葛楚德．史坦的詩時，顯然有一隻羊並沒有死透，牠從祭台上跳下來，沿著紅毯來回亂竄，又是咩又是嘰嘰叫，把血噴得到處都是。我弟跳起身來試著制伏牠，但牠是個狡猾的小東西，另外四十九隻山羊的血和內臟成了牠的潤滑油。到處都是血，我娘湊過來悄聲說：「這就是你應該找專業宰羊師的原因。」

當然，這刺激尖叫合唱團的一個傢伙發作了。他開始「啜泣加亂踢加鬼哭神號」。接著他旁邊的人也開始「啜泣加亂踢加鬼哭神號」。一轉眼，全體十二名合唱團團員都爬過長椅，翻白眼，「啜泣加亂踢加鬼哭神號」。

與此同時，艾絲特阿姨還在朗誦葛楚德．史坦的詩，她不知道該怎麼辦，只能愈唸愈大聲。

我娘湊過來小聲說：「天可憐見，你去幫幫你弟弟吧？」

我跑上紅毯，我弟把山羊追得直接跳進我懷裡。我踩到血打滑，一屁股跌在地上，但我緊緊抓住亂扭的山羊不讓牠脫逃。我弟在發抖，我為時已晚地醒悟到為什麼大部分的新人會等到婚禮結束之後，才把宰羊儀式的刀子交給最年幼的表親丟到山谷裡。把那當作婚禮的尾聲總讓人覺得掃興，所以我們早早地就讓小塔克把刀子拿去丟了，不過現在我懂了。那把刀子要留好啊。

「現在怎麼辦？」我弟問。

「你問我我問誰啊！」我大叫，拚了命想抓牢劇烈抽動的野獸。「你應該才是山羊專家吧！」

這時朵蘿希喊了什麼，但在混亂以及艾絲特阿姨的朗讀聲中我聽不清楚。朵蘿希又嚷了一遍，並指著教堂後方的太監，於是我對我弟叫道：「用那顆蛋！」

他往後衝，從太監手裡把那個銀質大物挖出來。太監向酒神發過誓，要不惜一切代價保護蛋直到典禮結束，所以他可不會輕易鬆手，但我弟一拳揍在他臉上，他踉蹌後退。我脖子一縮，很清楚朵蘿希那一邊的親戚對這場面會有什麼想法——更別說酒神本人了，如果祂真的存在——而且我相信我娘也在想她哪是這樣教小孩的，不過非常時期非常手段，有時候你就是得揍太監的臉，才能把他的大銀蛋搶過來當作凶器使用。

到了這個時候，尖叫合唱團的「啜泣加亂踢」已經進行到紅毯上了，所以我弟只好一路繞過會眾的側面，才能回到我和山羊這裡。

我仰躺在地，試著把山羊喬成適合的姿勢，方便我弟快速砸凹牠的頭。他把蛋高舉在空中，但這時山羊的眼珠子一轉，往上看著他，我弟突然就手軟了。

「快啊！」我喊道，山羊在我懷裡用力掙，還踹我的肚子。「你在等什麼？」

「我不能，」我弟說，「我下不了手。」

他跪倒在地，像抱嬰兒般摟著銀蛋。我很同情他，但不禁也想到我爸媽送他上大學主修宰羊，這錢全都丟到水裡了。

「不管了，」朵蘿希最好的朋友妮琪說，「我來。」

妮琪擠上紅毯，從我弟懷裡搶走那顆蛋，但她太急了，弄倒排在紅毯邊那些漸層蠟燭的其中一根，火焰接觸到她禮服底部時，整件衣服像「耶魯節豬火」一樣燒起來。妮琪丟下蛋，帶著火焰在紅毯上來來回回地奔竄。她在慘叫，山羊也在慘叫，然後所有人都開始慘叫，除了艾絲特阿姨之外，諸神保佑她，她有任務在身，把詩唸完前她是不會坐下來的。

我看著我的新娘，她站在聖壇前，全身僵立，嘴巴開開的——張得很大——我向你保證你沒看過張得這麼大的嘴。

她用她那森林系的眼睛看著我，像在說：你能相信嗎？

而我看著她，像在說：嗯，不然我們以為會是怎樣？

山羊在我懷裡掙扎，朵蘿希笑了起來。然後她舉起雙臂，下巴往前一伸，彷彿她要開始跳「戴綠帽的林地妖精之舞」，我也笑出來。她在笑，我在笑，我向諸神發誓我是全世界最幸運的男人。我看著她，她被火光照亮、身上染血，搭配尖叫合唱團和垂死山羊的哀號為背景音樂，我好想再跟她結一次婚。我希望我能跟她結十萬次婚。

錯過的連結——m4w[1]

我在往曼哈頓的布魯克林地鐵N線上看到妳。

我穿著藍色條紋的T恤和紫紅色長褲。妳穿著復古風綠色裙子和奶油色上衣。

妳在迪卡爾布上車，坐在我對面，我們眼神短暫地交會。我稍稍愛上妳，是那種你把眼前看到的人幻想成一個完全虛構的版本，並且愛上那個版本的那種愛法。不過我覺得我們之間還是有點火花。

1　m4w為網路用語，man for woman的縮寫，意思是男徵女。

我們數度看向對方又別開視線。我試著想點什麼話來對妳說——也許假裝我搞不清楚要去哪裡，找妳問路，或是稱讚妳靴子造型的耳環，或只是說：「天氣好熱。」感覺全都很蠢。

在某一刻，我逮到妳盯著我瞧，妳立刻就轉移目光。妳從包包取出一本書開始讀——是詹森總統的傳記——但我注意到妳完全沒有在翻頁。

我的目的地是聯合廣場，可是到了聯合廣場，我決定留在車上，還用我可以在四十二街轉乘七號線自圓其說，結果我在四十二街也沒有下車。妳一定也錯過妳要去的站了，因為我們一路坐到終點站迪特馬斯時，我們都還坐在車廂裡等待著。

我望向妳，好奇地偏了偏頭。妳聳聳肩，舉起書本；妳錯過妳要去的站是因為妳不專心，就這樣而已。

我們搭地鐵一路往下——穿過阿斯托利亞，跨越東河，蜿蜒通過中城區，從時代廣場到先驅廣場到聯合廣場，鑽過蘇活區和中國城地底，跨過大橋回到布魯克林，經過巴克萊中心和展望公園，經過夫拉特布希和米德伍德和羊頭灣，一路到康尼島。當我們坐到康尼島，我知道我得說些什麼了。

我還是什麼都沒說。

所以我們又一路往上。

沿著N線上上下下，一遍又一遍。我們遇上了尖峰時刻的人潮，又看著他們變得稀稀落落。我們在跨越東河時看到曼哈頓上空的夕陽。我給自己設了最後期限：我會在抵達紐科克之前找她說話，我會在抵達運河街之前找她說話。然而，我仍然保持沉默。

我們在列車上一坐就是幾個月，什麼話也沒說。我們靠著為籃球隊募款的小孩兜售給我們的彩虹糖維持生命。我們一定聽了一百萬次墨西哥街頭樂隊表演，差點被十萬個霹靂舞者把臉踹凹。我給乞丐錢，直到我用完零錢。列車行駛到地面上的時候，我會收到簡訊和語音訊息（「你在哪裡？出了什麼事？你還好嗎？」），直到我的手機沒電。

我會在天亮前找她說話；我會在星期二前找她說話。我等得愈久，就愈難開這個口。現在我們都經過同一站一百次了，我還能對妳說什麼？也許如果我能回到N線第一次在週末切換到本地的R線時，我就能說：「唔，這可真不方便。」但我現在可不能說這句話了，不是嗎？每次妳打過噴嚏後，我都會踹自己好幾天——我為什麼不說聲「保重」？這小小的舉動就足以促成我們的對話，然而我們現在仍愚蠢地沉默對坐。

有些夜晚，車廂裡、甚至是整列地鐵上只有我們兩人，即使是那時候，我都怕打擾妳而有所顧忌。她在看書，我心想，她不想跟我說話。然而，有些時候我還是感覺到我們心意相通。有人會嚷嚷一些關於耶穌的瘋言瘋語，我們會立刻望向對方確認我們的反應。一對青少年牽著手下車，我們都會想：稚嫩的愛情。

六十年過去了，我們坐在那節車廂裡，就這麼公開地假裝沒有注意到對方。我變得對妳如此熟悉，哪怕只是從眼角餘光的程度。我記住了妳身體的彎折處，妳臉龐的輪廓，妳呼吸的模式。有一次妳瞥了鄰座的報紙一眼，我看到妳哭了。我好奇妳是為特定事件而哭，還是為泛泛的時間流逝而悲，只因那時間的流逝本來難以覺察，而妳突然間覺察到了。我想要安慰妳，用雙臂摟著妳，向妳保證一切都會很好，但那感覺太冒昧了；我的屁股繼續黏在座位上。

有一天，下午過了一半，列車駛進皇后區廣場時，妳站起來了。這簡單的任務，站起來，對妳來說很困難——妳有六十年沒做過了。妳抓著扶手，設法移動到門邊。妳在那兒猶豫了片刻，或許是等我說點什麼，給我最後的機會攔住妳，但我沒有吐出壓抑了一輩子幾乎成形的對話，仍然什麼也沒說，我看著妳從正在關閉的滑門之間溜出去。

又過了幾站，我才意識到妳真的不在了。我一直等著妳再度進入車廂，坐在我身邊，把頭靠在我肩上。什麼都不說。什麼都不需要說。

列車回到皇后區廣場，我們進站時我伸長脖子。也許妳在月台上，還在等著。也許我會看到妳，微笑而開朗，長長的白髮在進站的列車帶起的風中飄揚。

可是，沒有，妳已經不在了。我意識到我很可能再也不會見到妳。我想著：你可以認識一個人六十年，卻仍然不真正了解那個人，這是多麼不可思議。

我待在列車上，直到它抵達聯合廣場，然後我下了車，轉乘L線。

給連續式單一配偶論者看的紐約市重要地標指南

在五十和五十一街之間的這段第五大道東側，屹立著宏偉的聖派翠克大教堂，它在歷史上有重要意義，就像那一次妳和艾瑞克坐在台階上吃霜凍優格的那個地方一樣。

要是你們剛好來到這座仍在使用的新哥德式羅馬天主教教堂，你們立刻就會被拉回幾年前那個夏天，你們兩人在像是永遠那麼久之後，總算又和好了。到曼哈頓來走走感覺像重溫舊時光，又黏又甜的榛果和香蕉螺旋融化後沿著妳手臂流下，妳露出微笑。

在某一刻，艾瑞克看著妳，咧著嘴笑，說：「嘿，妳那裡有一點……」他朝妳的臉伸出手，妳出於本能躲開他的手。妳不是有意的，不是有意閃躲——就是發生了——但在一瞬間，那一天整個毀了。

妳和艾瑞克在大教堂的陰影中看著彼此，妳看到艾瑞克的臉垮下來，就像妳經常見到的一樣，典型的艾瑞克。

「我們在做什麼？」艾瑞克問，妳搖搖頭說：「我不知道。」

然後你們兩人在大教堂的台階上坐了很久，一句話都沒說。

稍晚之後，妳和艾瑞克回到他的公寓做愛。但是太遲了，傷害已經造成了。

*

紐約市充滿歷史。譬如說，格林威治村的威佛利餐廳。妳和基斯溜出愛蜜莉的二十六歲生日派對後，就是在這裡邊吃薄煎餅邊聊了一整夜。

妳和基斯有聊不完的話。那是緊接在妳和艾瑞克分手後的事，而基斯跟艾瑞克的差異大到不能再大了。基斯就像艾瑞克所代表的一切的相反。

要是當時妳有理性思考，妳大概就能猜到最後妳會以基斯不應承受的方式傷害他。可是那一夜一切似乎都那麼完美。妳想要基斯，妳覺得他好像是妳設法贏來的。感覺妳的整個人生一直堅持不懈地在為妳和這個男人相遇作準備。

妳現在仍然偶爾會經過位於格林威治村美洲大道上的威佛利餐廳，但妳鮮少會走進去，更絕對不點薄煎餅。

＊

有哪一座城市被歷史破壞得這麼徹底，被昔日的大火流下的鮮血給淹得窒息？有一次，妳要陪波瑞斯的父母到空中鐵道公園散散步，在約定時間之前妳在第九大道和十三街交叉口的ＲＨ家飾隨意看看商品打發時間，妳心不在焉地拿起一支鍋鏟，它突然讓妳聯想起兩年前在基斯的廚房吵的那一架。

對話的開端頗為無害，基斯只是問：「妳的歐姆蛋裡要放什麼？」結果不知怎地，兩小時後對話的結尾是他大叫：「我覺得妳不是真的愛我；我覺得妳只是害怕孤單。」而妳拿著鍋鏟瘋狂比畫，不經大腦地回嗆：「我是很孤單；你不知道我有多孤單。」好像那樣可以為妳扳回一城似的。

妳現在在ＲＨ家飾裡握著的是一樣的鍋鏟，它的構造驚人地熟悉，手中的重量發揮令人不安的影響力，當妳喘不過氣地向波瑞斯解釋這件用具詭異的重要性，他皺起鼻子說：「如果在某個時間點，我們兩人要往前進，妳得停止往後看才行。」

＊

妳已經開始跟尚恩約會之後，波瑞斯在深夜醉醺醺地打來，問妳要不要去史坦頓島。妳從來沒去過史坦頓島，波瑞斯也沒去過史坦頓島，而由於波瑞斯要搬去費城了，這似乎是個造訪史坦頓島的好時機。

波瑞斯也有找妳跟他一起去費城，但那感覺太遠了，太多了，太快了，太波瑞斯了。於是，妳選擇紐約。妳跟波瑞斯分手，在布希維克租了自己的房子，然後開始跟聯合池的帥氣酒保尚恩約會。妳以為妳不會再見到波瑞斯了，但他在紐約的最後一晚，他在深夜醉醺醺地打給妳，邀請妳去冒險。

老實說史坦頓島上沒有什麼看頭，至少午夜以後沒有。搭船過去的過程浪漫得要命，可是一旦抵達目的地……唔，你可以搭電梯到渡輪大樓的頂樓，如果閒著沒事幹，可以再搭電梯下來。

渡輪大樓裡有個魚缸，魚缸底部貼著某種文字說明，是關於在史坦頓島渡輪大樓安裝一個魚缸的後勤方面的事項。這是一個很大的魚缸，重到底部要用鐵條支撐。「這個魚缸可不簡單；它耗費許多心力。」魚缸底部的告示牌這麼說，至少就妳的記憶所及是這樣（妳沒有再去過）。「我們全是為了你們這些史坦頓島的遊客做這件事的，所以你們最好心存感激！」

妳記得站在波瑞斯身邊讀魚缸的告示牌。妳以為在你們要永別前的這一夜，你們會有更多話要對彼此說，卻發現原來你們早已說完了所有的話。所以你們沒有把舊話重新說一遍，而是沉默地並肩站在渡輪大樓裡，讀著魚缸底部的資訊。

「歡迎來到史坦頓島，」它大概是這麼說，「希望你們玩得還愉快！也許如果事情跟現在不一樣，也許如果你們其中一人不是馬上要永遠離開這座城市，你們就能找時間再來這裡。也許這能成為某種特別的事，比你們只嘗試一次更有意義的事，因為……嘿，有何不可呢？不過換個角度來看，大概最好別想太多。單純地享受現在吧。你們還可以期待搭船回曼哈頓，而如果你們讓自己裝了太沉重的『要是怎樣怎樣就好了』，可是會把渡輪弄沉的。」

＊

紐約這一個地區，曾經被早期的荷蘭殖民者稱為新阿姆斯特丹，阿岡昆原住民則稱它為萊納佩霍金，它滿溢著自己半掩埋的歷史。地鐵隧道幾乎難以辨明方向，一千種彼此交疊的冒險把它們塞滿。要是妳在行旅時搭乘L線穿過威廉斯堡底下，咻地經過羅瑞默街站，仔細看看快速掠過的月台，妳會看到一個在等車的年輕女子，頭髮凌亂、妝容暈散——那是那六個星期的妳，妳會在凌晨三點跌跌撞撞地從尚恩的公寓回家，手裡拎著高跟鞋，只因為妳不想成為在那裡過夜的其中一個女孩。

*

城市充滿這些觸發物，妳在這裡住得愈久，就等於埋下愈多地雷。有阿斯特廣場的Gap，有鱷魚酒吧的洗手間——誤入舊火焰殘餘煙霧的機率高得嚇人，並且隨著妳跟另一個重要人物度過每一個新的重要時刻而持續在增加。

在妳那善變的心裡，奉獻給殞落英雄和悲慘罹難者的紀念地，累積成一份長度與累人程度足可與大道整整一個街區相比擬的名單，但其中特別有一個地方，妳知道妳永遠都無法再去了。

妳知道它在哪裡，妳不辭辛勞地假裝不知道，不願想起在那裡發生過什麼事。這個地方，對妳來說太難以承受了。它會把妳整個吞沒，這個空洞，這個坑，這棟位於卡羅爾花園區、外觀低調的兩層樓褐石建築，建築中包含一間一房公寓，年輕許多的妳，和那個現在在妳手機裡的顯示名稱為「不要打給他」的男人，曾極度愚蠢地把它稱為「家」。

有時候妳想像「不要打給他」也不去那裡。妳想像你們兩人同時不去那裡、不在屋外的人行道上相遇；妳不藉這個機會告訴他他在哪些方面對不起妳，不解釋即使現在妳已經釋懷了——非常、非常釋懷了——妳只是想確保他不會在下一個女孩身上試同樣的爛招，這是為了她好。

「因為妳他媽是個人道主義者。」他不會這麼說，而妳會納悶一開始何必費事不跟他見面。

＊

然後還有布朗克斯，有些人在那裡決定結婚——具體來說是布朗克斯的動物園那一區，具體來說是動物園的猴屋前面那一區，具體來說就是妳的爺爺奶奶，他們交往六星期後去參觀布朗克斯動物園的猴屋，並決定結婚。

「你們怎麼會交往六週就作出這麼重大的決定？」妳曾經問妳奶奶，「你們幾乎還不了解對方。」

「在那個年代，大家不會這麼拖拖拉拉。如果妳愛某個人，妳就嫁給他。」

「可是妳怎麼知道？」

「很簡單，」她回答，「我問妳爺爺：『你覺得我們該結婚嗎？』他說：『我們來問問猴子吧。喂，猴子！你們覺得我們該結婚嗎？』猴子在笑，他說：『我覺得那是肯定的答覆。』」

「就這樣？你們因為猴子在笑就結婚了？」

妳奶奶聳聳肩。「我覺得那是個徵兆。」

妳曾經帶艾力克斯去過一次布朗克斯動物園——還是安東尼？——看看那些靈長類動物是否會為妳施展魔法，但猴屋已經不見了。它在二〇一二年拆除了。

妳決定那是個徵兆。

＊

在皇后區的阿斯托利亞有一間小小的套房公寓，妳此刻的畢生摯愛卡洛斯就在這裡準備他的研究所申請書。妳在白天度秒如年的工作時段，或是搭乘N線的漫長車程中，常會發現自己做起白日夢，幻想卡洛斯獲得某所學校的入學許可——而妳跟著他——到好遠好遠的地方去。

妳想像與這個男人共度餘生，就像妳想像過跟他們所有人共度餘生——不是因為妳覺得這是妳的必經之路，只是因為妳就是忍不住會想。

妳想像妳會生的孩子，想像家庭旅遊和週年大餐，想像你們互相幫忙洗碗，想像你們在對方說故事和說笑話時打岔和發表意見，想像你們保證絕對不帶著怒氣去睡覺，即使那表示——就像經常發生的——必須徹夜爭吵。

不過最主要的是，妳想像自己住在別的地方，離這個曾經很繁榮、狹窄又擁擠的二十世紀首都好遠好遠。妳可以住在奧斯汀，妳心想，或是明尼亞波利斯。妳聽說西雅圖美不勝收，而妳甚至沒去過呢。

某一天早晨，在你們寬敞而嶄新的市中心頂樓公寓裡（或是不管西雅圖的人住的是哪種公寓），桌上擺著早餐、茶和週末版的《西雅圖時報》，卡洛斯會對妳微笑，妳會對他微笑，他會用他那種亂髮卡洛斯的方式抓一抓後腦勺，然後他會說：「嘿，我們要不要找時間去紐約玩一趟？我們可以看一場百老匯表演，跟老朋友聚一聚……」

卡洛斯會收掉兩個早餐穀片碗，它們屬於你們搬去那裡時妳買的整套新餐具，在走到水槽邊的途中，他會輕吻妳的額頭，就是許多男人都溫柔輕吻過的同一個額頭，在親吻的墓園中成為數千記號中的一個。

而妳會對著這男人微笑，好奇他是否跟他之前的那些男人一樣，有朝一日也會成為苦甜參半的回憶，有朝一日也會被同樣愚蠢的錯誤給擊倒，那錯誤就是對妳的了解有一點太深，卻同時又嫌不夠。

「妳說呢？妳想回紐約看看嗎？」

「不了，」妳會說，「那裡有太多鬼魂了。」

我們科學人

當時我老婆懷孕十一個月，我一直認為這看起來是很長的懷孕月數。這正常嗎？我會說，

潔西卡會說：醫生說是正常的。

我會說：我不覺得是正常的。

她會說：尤尼，你是醫生嗎？

我會說：嗯，其實我是呢。妳也是。嚴格來說我們都是博士（doctor），跟醫生差不多。

她會說：我們可以停止這個話題了嗎？

我拿的是航太工程博士學位，但我真正熱愛的始終是分子生物物理學。我接到我的朋友兼導師卡爾・黑斯林博士的電話時，我正在對一班出席率不高的懶洋洋大二學生講解科學的

哲理，他們希望我的課可以讓他們在這所委靡不振又沒沒無聞的大學裡，輕鬆地拿下一個必修通識學分。我無意冒犯這裡提到的學校或其學生；我只是就事論事。

我給課堂上的學生看這張投影片：

（這是我自己畫的。）

首先，聽聽好消息，我說：我們完蛋了。我們的星球快要死了，我們的宇宙快要死了。我們的朋友、家人，我們認識過的每個人，以後會認識的每個人，我們還要幾千代以後才會出生、所有遙遠的子孫，我們所有人，都在緩慢地死掉、死掉、死掉。

我秀出這張投影片：

然後我說：噢，抱歉，我剛才是說「好」消息嗎？

講到這裡，我的上課講義寫說我要：〔停頓一下讓大家笑。〕

沒有人笑。

我還是停頓了。

可是確實有好消息，我繼續說。那就是：在我們全都死光後，科學還會活下去。不管有沒有我們試著去理解它，科學都會存在；科學才不在乎。

科學就像個無情的舊情人，它不會懷念你，沒錯，那可能有點嚇人，不過不也有點刺激嗎？

我的手機響了。我立刻就知道來電者是黑斯林博士，因為鈴聲是貝多芬磅礴而洗腦的〈我心上的維也納〉。

我接起電話：黑斯林博士！我正在上課。

學生們繼續用他們的筆電和手機打字。我想像他們現在在針對我的個人通話作筆記，不過根據奧坎剃刀原理，他們從來沒有真正作過筆記。

卡爾話說得很快，資訊零碎又重疊，好像他就跟科學一樣，並不特別希望獲得理解：尤尼！補助金！董事會！根據指示！建立起來了！它發生了！我簡直不能！它發生了！

正在「發生」的「它」指的是「反門」，那是我和他成年以來大部分時間都在夢想完成的計畫，而現在多虧法蘭克與費莉西緹．費爾丁基金會慷慨的補助金，這個計畫突然實現了。

＊

一開始我之所以對卡爾的研究產生興趣，是因為幾年前我在地鐵上目睹了可怕的事。當時我正在讀米爾頓．希爾頓的新書，它針對質點速率提出了思索——沒什麼突破性。突然間，我聽到可怕的事很大聲地傳來。

不！拜託不要！

我沒有抬頭看。

救命，我聽到。然後，為了怕我沒聽到：拜託救救我，拜託！

我試著關上耳朵。

我把注意力集中在書上的文字。我將同一個段落讀了一遍又一遍。它的內容是：

質點，質點，到處都是質點。還有，黛博拉，我愛妳；妳願意嫁給我嗎？

潔西卡和我晚餐吃中國菜。我老婆不喜歡煮飯——我說得好像她應該要煮，好像這是她的工作，我道歉——我們兩個都不喜歡煮飯。我們經常吃外食。那天晚上我們吃中國菜。

我說：妳今天過得如何？

她說：該死的果蠅……

我說：是啊……

她說：你今天過得如何？

我說：米爾頓．希爾頓向黛博拉求婚了。

她說：真好。然後：黛博拉是誰？

我說：我不知道。

那天夜裡，我躺在床上盯著星星（我們當時正在重新裝修，我們的臥室沒有屋頂），我想著我什麼也沒做，那可怕的事發生時我什麼也沒做，而我好奇另一個更好版本的我是否會表現得不那麼懦弱。

在接下來幾天、幾個月、幾年的時間裡，我經常思考這個「非我」，這個「非我」不像我那麼冷漠，反而對我老婆很體貼；不像我那麼不耐煩，反而對我的學生很有耐性。每次我想要講「我愛妳」，說出口的卻是「別碰那個」時，我都會想到這個男人。每次我想要講

「是的！」，說的卻是……「是嗎？」每次我想要講「不會有事的」，卻什麼也沒說。

如果我告訴你，我數不清我作過多少錯誤決定、說錯多少話、走錯多少路，請你了解，我不是在對我的算數能力故作謙虛，我向你保證我的算數能力絕對遊刃有餘。但如果有另一個我，相反的我，可以做出所有正確的事——唔，我想那個傢伙真的很有用處。

黑斯林博士詳細地在論文中寫到一個「反宇宙」，它跟我們的宇宙相似卻又相反，使我們達到平衡與中和，接收我們多餘的能量並且將它轉換為「反能量」。那個更勇敢、更聰明、更優秀的「非我」會住在那裡，曾經存在過的每個人的「非」版也會在那裡。「反宇宙」的一切都會巧妙地嵌合到我們所沒有的一切特質的縫隙間，就像掰成兩半的英式瑪芬一樣，密合得恰恰好。它會包含我們困境的解決方法，也能激勵我們成為更好的「非他們」。

現在黑斯林博士總算湊足資金，他便召集了一組物理學家和工程師來設計和建造能帶我們通往那個宇宙的門。他問我有沒有興趣在歷史上留名，如果我不是太忙於對百無聊賴的大學生循循善誘的話。我根本不必考慮。

那年秋天，「反門」的作業正式展開，我們假設，既然我們在打造一扇往內開的門，相反宇宙的科學家應該也在打造一扇往外開的門，因為這才符合邏輯。

我上工第一天，潔西卡堅持陪我走去地鐵站。她說：要當心那些複雜的理論方程式，好嗎？有些可是很刁鑽的。

我說：我會記得戴手套。

不過說真的，你們是在耍弄時間和空間的基本原則。不要創造出某種你從未出生的、自相矛盾的口袋宇宙，因為我還需要你清理車庫。

我說：妳所關切的原因還真感人。

她說：我是開玩笑的！對不起；我很緊張。

我說：別緊張；這對胎兒不好。我吻她額頭。

她說：不過說真的，你回來以後會清理車庫吧？

＊

當然，宇宙不是黑白的，結果相反的世界比我們預期中更具流動性一些。狗的相反可能是貓，或是不同的狗，或是什麼也沒有，也就是沒有狗。

我應該重複一遍：這是對運算的過度簡化，不過它象徵了基本原則。以下再舉幾個例子：

例：	**可能的相反物**
我今天不出門。	我今天〔要〕出門。 我今天不〔待在家〕。 我今天〔要〕〔待在家〕。 我〔每天〕〔都要〕〔待在家〕。
我母親	〔我父親〕 〔我太太〕 〔我未出生的孩子〕 〔我母親〕〔〔我母親已去世。〕〕
我不說我愛妳。	我〔說〕我愛妳。 我不說〔我恨妳〕。 〔妳〕不說〔妳愛我〕。 我不說我愛妳。〔我連想都不想。〕

注意最後一個例子，在四個範例中，有三個呈現出沉默的相反還是沉默。我們大張旗鼓地宣告平衡與理解的新時代已來臨，但我們作了愈多測試，我們愈是不敢肯定我們剛剛花了八個月打造的這扇門另一邊有什麼東西。

萬一你通過「反門」，結果地心引力把你從地上撈起來，然後甩向外太空呢？萬一門另一邊的氧氣有毒？如果你離開的房間沒有食人魚，你會不會走進一個充滿食人魚的房間？或者更糟的是，萬一門的另一邊的世界不比我們的世界好或壞，只是不一樣呢？萬一它也同樣充斥著戰爭、饑荒、不平等和懦弱呢？

但法蘭克與費莉西緹．費爾丁和他們的基金會對萬一不感興趣，他們只對結果感興趣，而由於我們拿不出任何結果，他們就砍了資金，於是我回到暗淡無光的生活裡，成為令宿醉青少年略感煩心的老師，以及一個丈夫，最終應該還會成為一個父親。

＊

有一天下午，我上完一門反應特別不佳的課，課名叫做「物質：它重要嗎？」，回到我位於科學系館四樓的寒酸辦公室，發現學校覺得給我正合用的這個狹窄又陰暗的空間比平常更加擁擠。

卡爾．黑斯林坐在我的椅子上，把腳蹺在桌上，而他後方有個東西擋住面向小巷子的窗戶（也就是這個房間唯一的自然光光源），那東西正是「反門」。

它為什麼在這兒？我問，

黑斯林博士說：你認為我會就這麼把它拱手讓給費爾丁企業？他們根本不會知道該怎麼處理它！

我說：我們根本不知道該怎麼處理它。

他說：總之先放在這裡，直到我找到更好的地方藏，好嗎？

我說：可是萬一被別人看見怎麼辦？萬一上班時間有我的學生來找我呢？

他說：這有發生過嗎？

我說：就歷史紀錄來說是沒有，不過我喜歡有人可能給我驚喜這個想法。

他說：幫忙保管兩、三個星期就好。我保證你會忘了它在這裡。

＊

這個嘛，我並沒有忘記。我在改報告的時候那扇門在我後面。我在辦公桌前吃午餐——從學校福利社買來的各種可悲沙拉——的時候那扇門在我後面。每天每天，房間感覺都在變小，而「反門」似乎愈來愈大。

我接到潔西卡的電話時它在我後面，她去看過醫生了，她已經懷孕一年半，寶寶還是不出生。

醫生認為它可能有身心失調症，她說。他認為我可能在潛意識中覺得我還沒準備好迎接寶寶。

我說：真的嗎？妳怎麼認為？

她說：嗯，「我」覺得我準備好了，可是……也許我感覺到「你」還沒有準備好。

什麼叫我沒有準備好？我準備好了。

停頓了一下，她說：我不覺得你真的接受了事實，接受寶寶出生以後一切都會改變。我們原本的一切，我們獨立的自我，我們的事業，所有對我們重要的東西——

我說：妳憑什麼認為我沒有作好準備？

她嘆口氣，說：我不知道，尤尼。

我說：我向妳保證寶寶會出生，而且它會是我們遇過最不可思議的事，我們會成為很棒的父母，不過在那之前，我們何不試著享受這段多出來的時間，在所有事改變「之前」？

她說：看吧，這就是我說的，說你沒有準備好。

我什麼也沒說，

她說：對不起，尤尼。

我說：等我回家以後我們再談吧。

她說：好的，尤尼。

我掛掉電話，那扇門在我後面，

我扭身看它，

我把手放在門把上，

我轉動門把，

我打開「反門」，

我穿過它。

＊

我一跨過門檻，就踉蹌地踩進一池水裡。我趴跌在地，呸出一口血；我吞下一顆牙齒。

我瞇起眼睛適應新的光線。就我所知，這仍是我剛才離開的同一間狹窄辦公室，只是地上有十五公分深的積水。有個帥到不可思議、身穿深藍色燈心絨外套的男人正在瞪著我。我看了看辦公室門上的名字。

你是尤納坦．貝克曼，我說，

他說：廢——話。我不知道你怎麼進到我辦公室的，老兄，但你想看我投籃的影片嗎？我投籃真的很強。

我說：你是我的相反。

他說：閉嘴，你是我的相反。

我說：對，這兩句話都是真的。

他說：閉嘴，這兩句話都不是真的。

我心想：天啊，這傢伙真是惹人厭。

然後他說：嘿，老兄，我不知道你想幹嘛，但你要來我家吃晚餐嗎？我老婆廚藝一級棒；而且，她是個甜姐兒喔。

＊

我們走去他家。街道淹水，另外那個尤納坦笑我沒帶靴子。到處都有人在大吼大叫，把大型家電丟出窗戶。嚇人的蝙蝠在燈柱之間飛來飛去。

尤納坦住在河中央一座嚴重受潮的宅邸。他踹開前門，朝著廚房大喊：潔卡，我找到一個人！他想吃晚餐。

我說：我叫尤尼；我跟妳丈夫一起在大學工作。

關於潔卡．貝克曼，我注意到的第一件事是她完全沒有懷孕。她在圍裙上擦了擦手，咧開嘴露出大大的笑容並朝我伸出手。真高興認識你，她說。晚餐馬上就好了。

這是我很多年來吃過最美味的一餐。潔卡跟我們說她在研究四翼蜂鳥。嚴格說來，牠們其實不是鳥，她說。我們不知道牠們是什麼。但是你們聽聽看牠們的遷徙模式……我幾乎跟不上她，她講話速度好快。她在不同概念之間瘋狂切換，還打翻了好幾杯酒。如果現場測試行不通，我會死。我會真的死給你看，這輩子都不會再活過來。但如果成功的話，噢，尤尼，如果成功的話……那好到不能大聲說出來。

尤納坦在洗碗時，我用我自己的職涯故事來讓他老婆打呵欠。講著講著我一定是讓她聯想到什麼了，因為她咬住下嘴唇，說：你喜歡地震嗎？

我說：喜歡啊（這是實話）。地震、龍捲風、颶風——只要是突然間所有事都改變了，規則不再適用的情況，我都喜歡。我超愛緊急狀況。

潔卡說：你想知道一個祕密嗎？我也是。

我走回尤納坦的校園，穿過「反門」回到我的辦公室，然後搭地鐵回家。我的妻子在客廳，我用力親她的嘴巴，說：嘿，美女！跟我說說果蠅的有趣事情吧。

潔西卡看著我說：尤尼，果蠅就是他媽的果蠅。

＊

我開始每天趁著空堂時溜進「反門」另一側的世界，每次都會吐出一顆新掉的牙齒，並塞進口袋，等晚點讓潔卡可以把它縫回我的嘴裡。我成為在貝克曼夫婦住的相反社區找路的專家，並試著打破我從校園到他們家的時間紀錄。三十分鐘。二十分鐘。

我發現的這個新宇宙令人興奮、駭人又浪漫，如果這三種特質有可能融於一爐的話。穿過「反門」，突然間你就成了另一個人。你失去了一些東西，也獲得了一些東西。你遺忘了一些東西，也發現了一些東西。你伸手到口袋裡，拿出一支原本不在那裡的手錶，一張你不認得的女孩的照片，一張你從未見過的男人的名片。

我生日那天，潔卡為我做了個「地震蛋糕」，用糕餅做成的災難場景，在裂開的餅乾外殼底下，散落著尋找掩護的小小綠色糖果人。

我們坐在一起看尤納坦比賽籃球。球場在一座山丘頂端，這樣他們就不用在水裡打球了。我靠向跟我老婆相反的女人，悄聲說：他真的很厲害。

潔卡微笑。可不是嗎？我本來要做杯子蛋糕的，可是……因為某種原因我沒做。

我說：沒關係；我吃了杯子蛋糕絕對會很有罪惡感。

她說：尤納坦也一樣，於是我知道我們其中一人在說謊。

我問她的現場測試怎麼樣了。她的目光往下垂，然後閃了一下，然後她問我跨年夜要做什麼。尤納坦要待在辦公室改報告。你要不要過來？我不想一個人。

＊

當我告訴潔西卡跨年夜我要待在辦公室改報告，她的反應比我預期中要激烈。

不要叫我自己去參加那個派對，她說，

我說：妳不會有事的。

她說：可是你猜怎麼樣：我要烤一個派。我從來不烤東西的！

我說：替我留一塊。

潔西卡以前常說「你猜怎麼樣」，因為：

一、她覺得那很俏皮，而且

二、她是個科學家，而科學家（據她所言）應該隨時都在猜測。

當她想要開玩笑時，她會說：你猜怎麼樣，你是我老公，你猜怎麼樣，我愛你，你猜怎麼樣，你可愛到我只想揍你的臉一拳。

當她認為我需要打氣，她會說：你猜怎麼樣。

我會說：怎麼樣？

她會說：我覺得你很棒。我以你為榮。

然而她更常用它來回應我的辯解之詞，像是：你猜怎麼樣，你忘了洗碗，或是：你猜怎麼樣，有人把鞋子脫在客廳中間，害他懷孕的老婆被絆倒。

＊

跨年夜，潔卡和我站在廚房裡邊喝酒邊聽廣播（尤納坦把電視丟出窗外了）。某個我相當確定我的宇宙中不存在的國家正發生戰爭。潔卡靠在水槽上，咬著下嘴唇，她經常在問我問題前做這個動作。

你什麼時候知道你想成為科學家？她問，於是我告訴她我的「我如何對科學產生興趣的故事」。

尤尼．貝克曼之「我如何對科學產生興趣的故事」

我四年級的時候，彼得．魏斯家族旅遊去了一趟德國回來，結果得了嚇人的咳嗽和有傳染性的熱病，病菌像傑克森．波洛克的畫作一樣噴灑得全班都是。

結果班上每一個非猶太人都生病了。所有金髮的史密斯和范德威特都消失了，而羅森堡和柯恩則似乎比較強壯，好像我們因為缺席的同學而獲得了養分，就像是突然擺脫了雜草的花園。

最後，醫生們弄清楚彼得．魏斯是在他參觀的一座集中營感染了殘留的毒素，而班上的所有猶太人，也就是倖存者的子孫，都繼承了因為多年曝露在毒素下而產生免疫反應的DNA。

就在這時候我明白科學隨時都在我們周圍發生。

所有其他科目都是固定的：布魯特斯永遠都會背叛凱薩，一加一永遠都會等於二，還有兩個母音連在一起時，永遠都要發第一個母音的長音。但是在科學方面，我們一直都有新發現。

我們是最後的拓荒者。

潔卡看著我並咬住下嘴唇，我看得出她想問我問題，所以我說：怎樣？

她說：你穿過「反門」之後，有變得比較快樂嗎？

我一向很高興見到妳，我說，

她說：是啊，但我在想……譬如說我現在的快樂度是三分之一好了，如果我穿過那扇門，我會突然變成三分之二程度的快樂嗎？

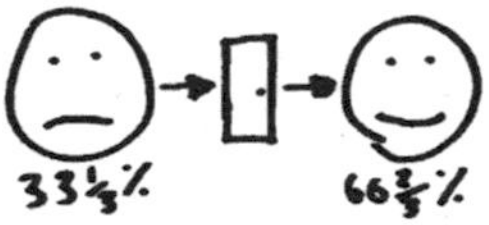

我猜是吧，我說。讓妳的快樂加倍！

而她說：可是問題就出在這裡；我不知道我的快樂程度是多少。就我所知，我可能是百分之七十五的開心，而如果我穿過那扇門，我會突然間被降到百分之二十五。

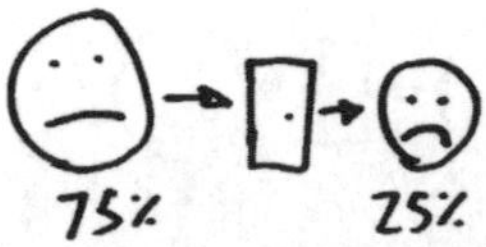

我不知道哪個更可悲：我現在的快樂程度只有之前的三分之一，或是意識到原本的我——應該說，就是現在的我——已經擁有我可能得到的所有快樂的四分之三了。

萬一我的快樂程度是零，而我穿過那扇門，發現百分之百的快樂仍然沒有多快樂呢？

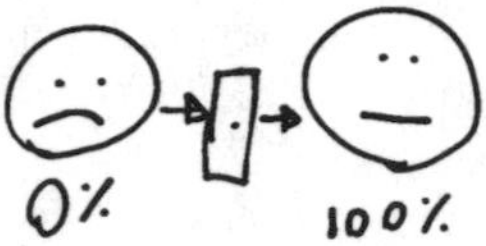

到時候該怎麼辦？

我開口說：其實那不是——但她真的很暴躁，然後突然間馬上就要到午夜了，我說：新年快——然後我手錶的秒針抖了一下，突然間午夜到了，我們接吻。廣播裡的人在歡呼，我聽到遠處傳來爆破聲，我吻她的時候張著眼睛，看到窗邊有一隻四翼蜂鳥，一切都太美、太美了。

然後突然間午夜過了，我感到極度羞愧。現在是午夜過一秒，差不多可說是除了時光倒流之外離午夜最遠的距離。我說：唔，我應該……

她說：不，拜託你。留下來陪我。一下子就好。

也許更好的我會做正確的事並離開，或者更糟的我根本不會顧慮，只會沉溺在犯罪的快感裡，不過我就是這樣有點好又不會太好的一個人，我只能做有點好又不會太好的人能做的事。

雕像不是從地面往上堆砌出來的——而是用一大塊大理石雕鑿而成——而我經常思考我們是不是也被我們缺乏的特質給形塑，被原本有大理石的空缺給描出輪廓。我會坐在火車上。我會清醒地躺在床上。我會在看電影；我會在笑。然後突然間，我會被令人麻痺的真相給震撼：並不是我們做的事決定我們是什麼樣的人。定義我們的是我們不做的事。

＊

我搭地鐵回到尤納坦的校園，把我的鑰匙插進他的辦公室。我重新進入我自己的宇宙時，房間裡淹水了；我一定是忘了關「反門」。我走了很遠的路才回到家。我爬上床，潔西卡半夢半醒，她小聲說：嘿。

我說：嘿。

她指著她的臉頰，我親她，

然後我問：派對怎麼樣？

她說：好無聊。真希望你也在。

我說：對不起。

她說：我沒辦法跟別人說話，我嘴裡有太多牙齒了；所有的話一講出來都變了調。我一直在長出新牙齒——真的很奇怪。你覺得這會是懷孕的副作用嗎？

我說：我不知道。

我們躺在床上看著星星（我們的房子正在用水煙式殺蟲劑；床搬到屋外了），潔西卡說：我好想你。

我說：妳會不會好奇「反門」另一邊是什麼情況？

她喃喃道：有時候會。

然後她就睡著了。

＊

隔天早晨，我的手機大清早就把我們吵醒，潔西卡大叫：把那該死的東西關掉！是黑斯林博士的助理，鈴聲是馬勒節奏很快的進行曲〈我的寶貝搭乘早晨的巴伐利亞路德維希鐵路〉。

她說：尤尼，卡爾出事了……他死了。

我說：我的天啊，他還好吧？

她說：嗯，這個嘛，他死了，所以……不好。

卡爾家裡的水龍頭忘了關，水流了一整夜。整間屋子都裝滿了水，他在睡夢中被淹死了。

我們參加了喪禮並拜訪進行七日守喪期的家屬。我說了一些暖心又得體的話。潔西卡充滿感情地捏了捏我的手。但是從頭到尾，我心裡想的全是：「反門」在我辦公室，而現在除了我之外沒人知道它的存在。

我更常去找潔卡。我們在屬於她和她丈夫的床上做愛，也就是屬於我和我妻子的床的相反，而既然我們都是對方配偶的相反體，我容許自己被說服——不，我說服自己——就數學上來說，這是一種中性的行為。

＊

有一天，從事完中性的行為後，我穿過「反門」回到我的辦公室。現在房間裝了半滿的水，黑斯林博士坐在我的桌子前，腳蹺在我的椅子上，指著通往走廊的門說：尤尼！我要此門被你好藏。直到此事發生，我會找個地方更糟。

我說：這不對，這已經發生過了。你死了，在這個宇宙你已經死了。

黑斯林博士嚴肅地點點頭。這就擔心我會發生。

我也嚴肅地點點頭，假裝我聽得懂他在說什麼。

他抓起一本便條簿，草草畫了個圖表。如果我沒有說我不擔心，我不是在說謊。他停頓一下，專注在他的措詞上：當我將把「反門」留在你這裡時……不對，當我把「反門」留在你這裡時，我希望你會使用它。但我以為你能在宇宙間來來回回，像是一束光在平行的兩面鏡子間反彈。

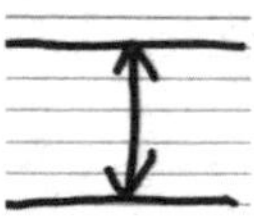

然而，你是像用斜角射向兩面鏡子的光束一樣穿梭在兩個宇宙之間，無限地在它們之間跳躍前進。你懂嗎？你沒有回到你出發時的同一位置！

為了尋求證據，我抓起一本熟悉的書：米爾頓·希爾頓。我翻到我滾瓜爛熟的一頁，就是希爾頓向黛博拉求婚的段落。現在書上寫著：

質點，質點，到處都是質點。還有，黛博拉，我愛妳，可是我覺得我需要一個人靜一靜。

＊

我跟潔卡之間的事愈變愈複雜。我愈常去找她，我們的溝通障礙愈嚴重。她情緒很低落。她恨她丈夫。我試著告訴她：一切都會好轉的，說出來的卻是：沒有事不會惡化的。有一天，我們吃著外食，她告訴我她不愛我。我不知道這是她的真心話還是反話。她告訴我她懷孕了，我只能說哇（WOW），那正好是媽（MOM）上下顛倒的詞。

我過了馬路，爬進「反門」。黑斯林博士站在我的辦公室天花板上，同時又是哭又是笑。眼淚往上流進他的眼睛。他衝著我大叫：尤尼！所有事總是個錯誤！你真是毫無歉意得太美妙了！你永遠不會不原諒我嗎？

我吐出一顆牙齒。

我的房子好遠，走回家的一路上都在下雨。潔西卡在客廳，驚恐地瞪著我們剛出生的兒子。我說：它好漂亮。

她什麼也沒說，

所以我又說：他好漂亮。

她說：我沒辦法停止煮飯，我不知道為什麼，我沒辦法停止烹調食物，而且因為滿嘴牙齒，我連嘴巴都闔不起來，我不知道我怎麼了，我不知道我們怎麼了，我從來沒有這麼害怕過。

我想要說：一切都會沒事的，但我卻什麼也沒說。

她說：你有外遇。
我什麼也沒說，
她說：這是個問句。你有外遇？
我什麼也沒說，
她說：如果你有外遇，就不要說話。
我什麼也沒說。
你猜怎麼樣，她說：我恨你。
我說：我大概猜得到。
我差點離開了，她說：我差點帶著寶寶離開了，但我太愛你了。
我說：妳差點離開了？
她說：是啊，但我沒有。
我在泡水的街道上跑了感覺像有好幾個鐘頭，飛快地經過翻倒的車輛、噁心的鳥，還有米爾頓・希爾頓的新書《黛博拉，對不起，請讓我回去》的廣告看板。
我的鑰匙打不開我辦公室的門，但我把門踹開，穿過「反門」直接衝進貝克曼夫婦家的廚房，尤納坦在那裡喝牛奶加蘭姆酒，眼睛盯著牆壁。

出了什麼事？我問，

而他舉起一張字條：我差點留下了。但我沒有。

我坐到他身邊，有一會兒我們誰也沒說話。

我說：你記不記得，幾年前在地鐵上……

我重講一遍：你有沒有親眼見過可怕的事？

他點點頭。

有沒有發生任何——我是說，你怎麼——我是說……我重講一遍：你怎麼阻止的？

他搖搖頭。

他什麼也沒做，就跟我一樣。他記得喊叫聲，那股恐懼——我們異口同聲背出我們都反覆讀過的那段米爾頓．希爾頓的文字。質點，質點，到處都是質點。就我們所能研究出來的，他的經驗唯一的差異在於他沒有清醒地躺在床上，思索相反的他會怎麼做。

我再次想起我們以前在實驗室常說的一句話——就通則而言，沉默的相反還是沉默。

我說：我在這裡幹嘛？

這是修辭性問句，但我對尤納坦分辨修辭性問句的能力沒什麼信心，所以他沒有回答倒是令我頗為訝異。

＊

我媽以前會講一個老笑話給我聽，內容是關於某個猶太拉比和他的學生：
什麼東西是紫色的，掛在牆上，還會唱歌？拉比問，
學生回答：我不知道。什麼東西是紫色的，掛在牆上，還會唱歌？
拉比回答：一條死掉的鯡魚！
可是，拉比，死掉的鯡魚不是紫色的。
唔，你可以把牠塗成紫色的。
可是，拉比，死掉的鯡魚並不會掛在牆上。
唔，你可以把牠掛在牆上。
可是，拉比，死掉的鯡魚絕對不會唱歌！
噢，那個呀？我只是加進來擾亂你而已！

〔**停頓一下讓大家笑。**〕

＊

我想到，也許我是把我的宇宙的邊緣推得太極端了。畢竟我們住在真實世界裡，而在真實世界，你可以把死掉的鯡魚塗成紫色，你可以把牠掛在牆上，但你再怎麼費盡心力，也無法使牠開口唱歌。

我想像如果我在另一個更好的宇宙裡，就會有某個人可以告訴我「沒關係的」，或是「下次你就會給他們好看，猛男」。有人會告訴我，我做過的所有蠢事，犯過的所有錯，都無關緊要。這個人會說，無論如何她都以我為榮，我讓她的心暖洋洋的，說人生在世所求的不過如此——能在片刻之間讓別人快樂那麼一點點。她會告訴我——你猜怎麼樣！——一切都會很好的。

但是在這個宇宙，就只有位在這可怖城市中這醜陋房屋內的這空蕩蕩的房間，而這裡有兩個尤納坦，其中一個轉身，木然地對另一個說：你想投籃嗎？

我們比了幾局，我比我預期中厲害。當然，他打敗我了，不過他沒有贏很多。我抄走他的球兩次，還上籃成功一次，連我自己都很訝異。後來，我們看著夕陽在河面落下，照亮地平線。尤納坦深深望著此情此景，這一塊把醜陋的白天和恐怖的黑夜分隔開的超然之美，而我非常幸運，趁著他在哭的時候投進一記三分球。

我們對彼此說的謊

（部分清單）

- 你看起來真的很面熟耶；我們在哪裡見過面嗎？
- 我從來不喝超過兩杯（指的是酒）。
- 說來好笑：我其實真的是個稱職的男朋友。
- 超好笑的。
- 超有趣的。
- 好好笑喔。
- 真的很好笑耶。
- ［笑聲］

- 我真的從來不喝超過五杯（指的是酒）。
- 我基本上是雙主修。
- 公司基本上是由我在經營的。
- 我懂你的意思。
- 對耶，我好像在哪裡讀到過。
- 我愛這首歌。
- 我愛這首歌！
- 那真的是我聽過最瘋狂的事。
- 我真的一點都吃不下了。
- 我早上得早起……
  - ◆我有點工作上的事……
- 抱歉我沒有打給你，最近真是焦頭爛額。
- 星期五我不行，我星期五有事。
  - ◆只是一些朋友。要跟一些朋友聚會。
- 我花了大概五分鐘寫出這首歌，它不怎麼樣。

• 我真的再也沒想他了（指的是布雷克）。
• 超過十個，但少於二十個（指的是女人）。
• 都是這討厭的公司派對——如果你不想去，我也不會怪你。
• 不會啊，聽起來很好玩。
• 你是那裡最帥的男生。
♦不，我是認真的。
• 是啊，他們看起來真的人很好（指的是要好的同事）。
• 我……也愛你。
• 我從來沒有過這樣的感覺。
• 這一刻，就是現在，是我一生中最快樂的時刻。
• 好。
• 是啊。
• 不是。
• 絕對是。
• 我喜歡（指的是耳環）。

• 很美味（指的是湯）。
• 我就是覺得我們「懂」對方，而這是大部分情侶做不到的。
• 我也有完全一樣的感覺。
• 我有在聽。
• 我根本沒注意到她。
• 只是個男同事。
• 你過度聯想了。
• 他就像個哥哥！
◆ 感覺肯定很怪。
• 我從來沒有用那種角度想她。
• 唔，那真的太棒了。
◆ 不，我不是在作消極抵抗。
◆ 我真的覺得很棒。
◆ 我不知道你指的是什麼「語氣」。
■ 我就說了那真的很棒。

- 我喜歡你那些朋友。
- ◆你知道我喜歡你那些朋友。
- 你在說什麼呀？你很擅長參加派對啊。
- 我沒有注意到（指的是變胖）。
- ◆不，真的啦，在我看來你完全沒變。
- 我說了紅的（指的是酒）。
- ◆我絕對說了紅的。
- 我們出門之前我有確認天氣狀況。
- 我在回家途中才看到你的簡訊。
- 他們想要純哥兒們聚會，不帶女朋友。
- ◆我個人覺得很蠢，但我又能怎麼辦呢？
- ◆我會跟他們說妳這麼說。
- 你不需要向我道歉。
- 我覺得誠實是最重要的事。
- 沒關係。

• 好吧。

• 真的沒關係。

♦ 我跟你說沒關係了。

• 我沒事。

• 我當然替你高興（指的是升職）！

♦ 我好興奮！

• 我可以一邊聽一邊檢查電子郵件。

• 我不像你一樣會記錄那種事情（指的是誰「贏」了爭吵）。

• 我確實信任妳（指的是布雷克的事）。

• 好，你是對的。

♦ 我不是只為了讓你閉嘴才這麼說，你知道那有多卑鄙嗎？

• 她看起來真的很好。

♦ 我喜歡她。

• 那件事不會讓我困擾。

• 你想做什麼就儘管去做吧；我沒有任何意見。

- 那只是咖啡！
- 我覺得你反應過度了。
- 我很抱歉。
- 我得加班。

◆我告訴你了，我在工作。

◆我為什麼要騙你說我在工作？我搞不懂你。

◆其實我不知道你在說什麼。

■真的不知道。

❑真的。

◆這個？不管這個是什麼，它都是你幻想出來的。

- 你完全不了解我。
- 那不是我的本意。
- 我不該承受這個。
- 我只是在想，什麼對你來說才是最好的？
- 我只想要你快樂。

♦我就只想要這個。

•我覺得問題可能出在我太愛你了。那可能是問題所在嗎？

•一旦工作上的事都安頓下來，我們之間就會變得輕鬆一些。

•只要你回家來，我們就能像成年人一樣談這件事。

•那太惡毒了；我才沒有把一腳跨出門外。

•該死，我們可以走下去。

♦我想要走下去。

♦我致力於要走下去。

•我其實覺得對我們情侶的角色來說，吵架是件好事。

•我絕對不會再那樣傷害你了。

•我愛你。

•我也愛你。

這些都是事實

韋斯特剛到海邊的第一天，就把自己的腳給弄殘了。真他媽的衰爆，這種事當然會發生囉，一個星期這樣開始真是他媽的再好不過啊。

他根本沒有做什麼；他只是他媽的站在那裡，只是泡在及膝深的海水裡涼快涼快，試著像個天殺的度假旅客一樣悠哉遊哉。他才剛開始覺得怡然自得，或許是他打從出娘胎起第一次有這種感覺，結果就來了一波猛浪，把一些石頭、貝殼、甚至可能還有碎玻璃直接捲到他腳上。他的腳被刮傷的樣子很可笑，布滿各式各樣的瘀傷和腫包，以致於看起來像天知道什麼東西的地形圖，每道裂口和割傷都代表一條河川、或支流、或山脈、或他媽的現在的地形圖上會出現的任何東西。

這天是星期五，或者如他們在巴亞爾塔港所說的：「星期五」，因為這個度假村的所有人都說英語。韋斯特甚至沒有嘗試翻出他已荒廢八年、在高中時學過的西班牙語，雖然有時候酒保給了他「una cerveza」（一杯啤酒）後，他會用法文說：「Merci beaucoup」（非常感謝）因為在他看來這是很好笑的笑話。笑點在於酒保本來就會說英語，然後——你知道嗎，如果他還得解釋給你聽，這笑話也不值得笑了。

好消息是，即使一隻腳廢了，韋斯特仍然能做他真正想做的事，也就是整天坐在沙灘上喝啤酒看海。事實上，腳受傷是因禍得福，因為這表示他不用做任何他不想做的事了。他爸或他爸的現任老婆會說：「嘿，你想去城裡嗎？」或是「你想去參觀廢墟嗎？」或是「你想去搭船嗎？」而韋斯特會苦著一張臉回答：「嗯，我真的很想去，可是……我的腳。」

這其實也是個話題：長相標緻的美國「chica」（妹子）會走向他說：「嘿，你的腳怎麼了？」而他會回答：「有個更好的問題是：我們的社會怎麼了，我們才會把受損的東西視為不完整？正好相反，至少以我而言，我相信是我們受的損害讓我們變得完整。」然後他就能跟她們上床了。

當然，在妳在場的那段時間，並沒有真的發生這些事情，但是正如韋斯特一再告訴妳的，那只是因為妳在場。「我旁邊就坐著另一個女孩，怎麼還會有女孩過來找我說話。我是說，這是常識吧。」妳會問他說他要妳離開嗎，而韋斯特會聳聳肩說：「這是個自由的國家。」然後他想起自己身在墨西哥，又補上一句：「等一下，是吧，是嗎？」

＊

妳是星期六才到度假村的。妳跟妳爸媽說妳星期五不能跟他們一起搭飛機出發，因為星期五要參加梅根．多赫提的畢業派對，但事實上，妳並沒有去梅根的派對。妳待在家裡。妳為自己放了一浴缸的水浸浴，當時那感覺好精緻、好成熟。小孩子常常洗澡，但這次妳放了一缸水「浸浴」，妳「浸」在一缸水裡「浴」，而且這樣還不夠，妳還點了蠟燭（蠟燭！），妳還把妳父母的唱機轉盤拖到浴室，播放瓊妮．蜜雪兒的唱片（哪一張不重要——是《憂鬱》——那不重要），妳現在把它當笑話講，但當時可是鄭重其事。妳永遠擺脫高中生活了，不久後他們會送妳去波士頓上大學，妳在那裡會忘了高中的所有朋友和敵人、所有曾經重要的事、所有圈內人才懂的笑話。

我們身體裡的細胞每七年會徹底自我更新一次，而我們會成為完全不同的人。坐在浴缸裡，聽著〈加利福尼亞〉，妳想著妳短暫存在的細胞，也想著有朝一日妳會改變的事；妳會在某天早晨醒來，突然間一切都不一樣了，原本會讓妳落淚的事現在會讓妳翻白眼，而原本會讓妳翻白眼的事現在會讓妳落淚。但是，當然，那都還是離現在很多、很多年的事。

順帶一提，關於人的細胞每七年就會更新的事？這是一項**事實**，如果妳查的話，可以在妳不跟任何人分享的那本私密「事實手冊」裡找到——那是一本藍色的線圈裝訂筆記本，妳在筆記本的第一頁用抖抖的字跡寫下「這些都是事實」，而這本筆記本中藏著幾百個乏味但真實的祕密，像是：「**事實**：殺人鯨其實不是鯨魚；牠們是海豚。」

妳同父異母的哥哥自告奮勇要在星期六去機場接妳。妳媽覺得全家都應該去，但妳爸說服她說，你們小孩子應該趁這個機會混熟一點。畢竟，已經多久沒見面了？畢竟，這不就是此行的重點嗎？韋斯特在一本黃色便條簿上用黑色大字寫出「海瑟」，在行李提領處把字牌舉高，他就在那裡等妳抵達。那個字牌有百分之八十是在搞笑，不過也有百分之二十是因為他真的有點擔心，已經過了那麼久沒見面，他會認不出妳。

領完行李過海關後，妳看見他了：一個體毛很多、風格混雜的人，穿著工裝短褲，戴著飛行員墨鏡，還套著令人難以理解的長袖T恤，好像外頭不是將近三十八度的高溫。妳爸的這個另一個神祕後代趿著腳來回地走，一邊揪著鬍子，他看起來既比實際年齡二十六歲成熟、又比二十六歲幼稚。**事實**：他看起來有點像遊民。

「看看妳。」韋斯特說。

妳說：「看看你。」

韋斯特說：「不，看看妳，媽啊。他媽的看看妳。」

＊

把韋斯特送去巴亞爾塔港是妳母親的主意。妳隔著臥室牆壁聽到妳父母在為這件事爭執。

「這應該是一趟度假才對。」妳爸說，「我愛韋斯特，但妳也知道，這樣他整個星期都會讓人覺得芒刺在背。」

「我想讓海瑟認識她哥哥。」

於是他就在這兒了，這個像調酒棒一樣瘦巴巴的傢伙，把妳的行李從電梯搬到房間。過了這麼多年再見到他，幾乎已經讓妳難以承受。光是聞到他的氣味，就幾乎讓妳難以承受。

「我選了靠浴室的床；我希望這樣沒關係。我猜妳可能想睡在窗邊。」

「風景不錯。」妳說。你們的房間俯瞰一處建築工地。皇冠帝國飯店正在擴建，一台起重機拎起一條大樑，把它從一堆大樑挪到另一堆大樑。有朝一日，這些東西都會成為度假村。

韋斯特皺起眉頭，不自在地換了個站姿。「這個房間滿符合小資族的特質；我覺得很焦處。妳想下去沙灘那裡喝杯飲料嗎？噢，該死，妳大概想跟妳爸媽見面吧？」

妳聳聳肩。「我跟他們隨時都在見面。我們應該是來度假的，對吧？」

韋斯特覺得那超級好笑。

＊

妳在一頂大木傘底下的沙地上找到兩張沙灘椅，把浴巾鋪在其中一張椅上。妳那算是哥哥的哥哥抓住在閒晃的服務生，點了兩杯啤酒和一杯香蕉黛綺莉。「他們真的很努力要推銷鳳梨口味的飲料，」他說，「但我摸透了，他們是用類似果泥的原料來做鳳梨飲品，香蕉飲品才是用真的香蕉。」

「噢，我不喝酒。」妳脫口而出，好像他有問妳，好像有人在乎。

「噢，很好。」韋斯特有點太大聲地說。他朝妳眨眨眼（為啥？），然後對服務生說：「給女士來一杯無酒精黛綺莉。」露出暖洋洋的笑容，好像這是他們兩人之間心照不宣的私密笑話。

「妳大概完全不記得我了。」韋斯特邊說邊點菸，「妳當時多大，六歲左右？」

妳點點頭。妳不記得他，不真的記得，而妳確實記得的部分，妳也不確定是真正的記憶、還是只是妳幻想出來的，從妳父母說的簡略故事以及每當提及他名字時他們互換的憂慮眼神，所拼湊出來的兄長形象。

「大呼小叫，」妳說，「我記得有很多人在大呼小叫。」

「是啊，」他笑道，「我也是。」

妳瞇眼看著由海面反射過來的陽光。「你想去海裡嗎？」

「不了，妳去吧。」他在吸菸的空檔間說，「我在這裡看就好。」

妳去了。

他看了。

＊

你們在飯店餐廳跟父母會合吃晚餐。

「看來妳已經曬了點太陽，海瑟。」妳爸說，「希望妳有搽防曬乳……」

「你的腳怎麼樣了？」妳媽問。

韋斯特回答：「唔，我的腳廢掉了，珠恩。」

妳爸扠起手臂說：「我們是不是該讓櫃台找個醫生來？」

韋斯特說：「不用了，爸，我沒事，不過大家都注意到你所展現的父愛了。」

妳媽同情地皺起眉頭。「唉，希望這不會毀掉你的整趟旅程。」

吃完晚餐，妳陪妳媽走回她房間。她牽著妳的手，對妳露出和藹的笑容，妳偷偷納悶在妳離家上大學前的接下來兩、三個月內，她還會牽著手對妳露出和藹笑容多少遍。

「妳不介意跟韋斯特共住一間房吧？」

妳說：「不介意，媽。」好像那沒什麼。好像她根本不需要問。

妳洗完臉後爬上床，從包包裡取出一本書。

「妳在看什麼書？」韋斯特問。

「噢，只是在講紐約一群高中女生的蠢書。」

「好看嗎？」

妳漲紅臉。「不好看，但我想知道故事怎麼發展。」

「噢，我好無聊。」他說，「我要下樓去喝杯飲料，妳要來嗎？」

在度假村酒吧，韋斯特用各種冒險故事娛樂妳：有一次他發現可以裝滿整個房間的家具就棄置在路邊；他闖入一場派對，跟吉他手的女朋友嘿咻；有一次他莫名感染了臭蟲。當他感覺酒吧「突然間變得非常小資族」，他帶妳去沙灘上跋行。

「那麼，讓我更新一下近況吧。妳有男朋友嗎？」

妳搖頭。

「為啥？妳長得不錯啊。」

「我不知道，」妳說，「我感覺是有些男生想要我當他們的女朋友，我只是從沒遇到一個讓我覺得值得的男生。」

「值得什麼？」韋斯特問，妳聳聳肩。

「我不知道。就是值得，值得所有事。」

「其實我覺得這個觀念很正確。」他說，「慢慢來吧。這年頭有很多青少年就是太急著長大了。」

妳笑了。「是這樣嗎？這是關於青少年的事實嗎？」

他有點不自在地露出微笑。「我不知道；妳才是青少年，應該是妳來告訴我才對。」

「我猜你說得對，」妳說，「但我不認為談戀愛和上床就必然等於長大，你知道嗎？『長大』可以代表很多事。」

「瞧，這是很敏銳的觀察——這也讓我明白妳為什麼從沒交過男友。」

「這話是什麼意思？」

「妳對高中男生來說太聰明了。妳的智慧一定是從妳媽那一邊遺傳來的。」

「肯定是，」妳說，「絕對不是從我那臨床心理學家老爸那裡遺傳來的。」

「得了，別被他時髦的工作給糊弄了，海瑟；我向妳保證那個混蛋要多蠢有多蠢。」

你們花了一會兒工夫爭辯要不要揭這個瘡疤，然後你們納悶你們想要揭瘡疤的欲望是否遺傳自臨床心理學家的老爸。

然後韋斯特說：「那是他媽的什麼東西？」

妳抬頭看。十公尺左右外的沙灘上有一隻狗，看起來像混種㹴犬，正在沙地裡抽搐喘氣。韋斯特衝向前好看個仔細。

「噢，該死。」

「牠還好嗎？」

「嘿，老兄，你還好嗎？」

狗兒發出哀鳴。

「該死，這隻狗倒大楣了。我覺得牠癲癇發作了之類的。」

「唔，不要碰牠。」妳正在說，韋斯特已經用手臂把狗撈起，開始跛著腳往度假村走。

「小心點，」妳大叫，「那隻狗可能有狂犬病什麼的！」

妳跟著妳哥穿過皇冠帝國飯店的大廳。

「先生，您不能把那隻動物帶進這裡。先生？拜託您！」

韋斯特把狗往櫃台上一放。「我們在沙灘上發現這傢伙；我想牠真的很痛。」他說，「你們得做點什麼。」

狗兒已停止發抖，現在只是躺在櫃台上，一邊哀鳴一邊流口水。服務台職員說：「先生？先生！」

韋斯特說：「不要他媽的拿『先生』應付我，這隻狗需要他媽的醫療照顧。」

那個男人問：「這是您的狗嗎？」

韋斯特兩條手臂往上一拋，憤怒地繞著小圈。「不，這不是我的狗，我告訴過你了。這裡都沒有人會說他媽的英語嗎？」

旁人開始側目，包括一群看起來像兄弟會的男大學生，一對老夫妻，還有一個帶著小孩的男人。

妳說：「冷靜一點，韋斯特。」服務台職員看著妳說：「可以請妳叫他冷靜一點嗎？」

但妳剛才所做的恰恰就是這件事。

「有沒有可以聯絡的狗醫生之類的？墨西哥有他媽的動物醫生嗎？」

服務台職員自己正努力保持冷靜：「先生，飯店的規定是——」

韋斯特大叫：「你們好歹可以給牠一點他媽的水之類的吧？老天啊。」

現在帶小孩的男人叫起來了：「嘿，你說話有點禮貌好嗎？」

「有點禮貌？這隻狗他媽的都快要死了！」然後立刻又說：「抱歉，你說得對，很抱歉我用詞不當。」

到了這時候，服務台職員的主管也出來了，他說：「先生，我們已經通知動保處了，他們正趕過來。您想陪這隻動物一起等他們嗎？」

韋斯特吁出一口氣。「好啊。謝了，我真的很感謝。」

「好的，但是牠不能待在這裡面。我們把牠移到門口，好嗎？」

「好。嘿，聽著，剛才很抱歉，就是我說這裡都沒有人會說英語的事。」

「沒關係。」

「這裡所有人英語都說得很好。但你們不需要這樣；這裡是你們的國家。可是每個人英語都說得很好。剛才事發當下，我表現得真像個混蛋，你懂嗎？」

男人搖搖頭。「我明白您很沮喪。沒關係的，先生。」

韋斯特看著他的名牌。「荷黑？你是個他媽的正直的好人；別聽別人的說三道四。」

荷黑點點頭。「好的，先生。」

兩名飯店員工小心翼翼地用皇冠帝國飯店的浴巾把狗包起來，把牠搬向大門口。你們跟著他們往外走，經過那個帶小孩的男人。

「嘿，聽著，」男人說，「我知道你真的很為那隻狗難過，但這裡是家庭度假村。你能不能幫我一個忙，少說一點髒話？」

「是啊，我知道。」韋斯特說，「抱歉，我只是——幹！抱歉，對不起。」

那兩個飯店服務生把狗放在建築前方的台階上。韋斯特坐在牠旁邊撓牠的肚子。

「撐著點，兄弟。」他說。他看著妳。「妳會冷嗎？」

妳搖頭。妳不冷，其實不冷。

一輛計程車停靠路邊，一對男女醉醺醺地跌下車。「噢，天啊，那是你的狗嗎？」女人問，她丈夫說：「好了，艾米，繼續走。」

韋斯特搖頭。

「牠還好嗎？」艾米問。

韋斯特說：「牠只是累了。」

艾米的丈夫把她半推進皇冠帝國飯店，他們走進去的同時，你們能聽到艾米咯咯笑著說：「我在想，那男的怎麼會有一隻狗？」

韋斯特把玩著一根沒點燃的香菸。

「好誇張的第一晚。」妳說。他看著妳，妳對他憂傷地微笑，不過他沒有用微笑回應。

「這是最糟的，」他說，眼睛整個都紅了，「這他媽是最糟的。」

＊

事實：星期天，韋斯特很早就開始喝酒了。妳幾乎整天都跟他在一起，就只是坐在沙灘上盯著海水。

妳媽一度過來問她能不能參一腳，而韋斯特說：「欸，我不知道耶，珠恩，這裡有點擠。妳去游泳池那邊碰碰運氣吧。」

她說：「好，我聽得懂暗示。」然後掛著緊繃的笑容走開了。

韋斯特看著妳，臉皺了一下。「妳一定認為我真的是個混蛋。」

確實如此，算是啦，不過妳也說：「不，我能理解。」

「甚至不是真的針對她。惹毛我的人是『他』。」

「當然，那很合理。」妳撒謊。那並不合理。**事實**：妳爸是妳認識的人之中最和善、最反對衝突的人，很難想像他會惹毛任何人。有時候，在餐廳被多收了錢，他還是會照付全額，只因為他寧可破財也不願與人爭執。

「我是說，老爸對我和我媽做的事……是不能用一趟免費的墨西哥之旅就粉飾掉那堆爛事的。」

「他做了什麼？」

「他就是個混蛋。」

「對，不過具體來說……」

「大家久了就對我感到厭倦了。」他用那種一般人可能在說「那棟大樓好高」的無感語氣說。他撿起一根棍子，把它扔進海裡。「曾經愛過我的每個人，總有一天都會對我感到厭倦。」

很難判斷他是在回答妳的問題還是想轉移話題，不過無論是哪一種，妳都覺得妳該說點什麼，所以妳說：「我不會對你感到厭倦。」

而他說：「妳會的，因為如果妳不會，那只表示妳的腦子跟我一樣亂七八糟。」他自顧自地輕笑，然後他望向妳，對妳歪嘴一笑，妳以前只在妳爸和妳自己臉上看過這種歪嘴笑，而在那一刻妳的心可說是融化了，**事實**：妳這輩子從來沒有像現在這麼想要一樣東西，那就是腦子變得跟妳哥一樣亂七八糟，立刻生效且永久持續。

「你在海灘為什麼不把上衣脫掉？」妳問。

韋斯特搖頭。「我很容易曬傷，會變得超紅的。」

「你知道紅鶴是因為牠們吃的食物才會變成粉紅色嗎？牠們吃很多蝦子，所以羽毛才會長成那樣。」

「啊？」韋斯特轉頭看著妳，困惑得要命。「噢，該死。是因為昨晚我說妳很聰明，所以現在妳得時時刻刻都當個萬事通嗎？妳知道嗎，這就是青少年的問題——你們決定了自己是什麼樣的人，然後好像就再也不能當別種人了。」

「不，那並不是——」

「我小時候正是被那種心態害慘了，因為我說服自己我是個酒鬼——所以有五年左右的時間，我要不就滴酒不沾，要喝就喝個痛快，妳知道，因為既然我已經在喝了，乾脆就成為大家已經認定我是的『那個傢伙』，不過有一天，我突然覺得：『我他媽的在幹嘛啊？』現在我就只是喝酒，沒什麼大不了，妳懂嗎？」

妳說：「抱歉，我只是真的很喜歡事實。」

「是嗎？」韋斯特越過墨鏡上緣瞄妳，妳在妳自己身上找到新的角落躲進去。他吸了最後一口菸，把菸屁股丟到沙地上。「我有一項事實可以和妳分享。妳知道大象吧？」

妳說：「知道啊。」好像他真的在問妳知不知道大象是什麼。

「嗯，大象的腳真的很敏感，妳知道嗎？」

妳搖搖頭。

「牠們可以感覺到幾公里外的東西。牠們可以從地面的振動感覺到獸群奔竄之類的，而且牠們還用這種方式互相溝通，隔著大老遠藉由地面的振動聯絡。每當我離人群遠遠的時候，我就喜歡想想這件事。妳知道，感覺就像是如你迷路了，只要記得把腳貼在地上就好。」

「這故事真的很棒，」妳說，「但我不相信你。」

他笑著說：「為啥？」

妳啜了一口無酒精黛綺莉，說：「我覺得你是個騙子。」

「我們問問她吧。」韋斯特說，點點頭指向一個沿著沙灘走、穿著紅白條紋兩件式泳裝，身材骨感但屁股很大的女孩。

妳先前就在度假村注意到這個身材骨感但屁股很大的女孩了。昨晚在酒吧，韋斯特針對九〇年代早期的油漬搖滾對妳高談闊論時，她一個人坐在附近的桌子邊。妳可以感覺到她在看你們——妳能感覺到她試著不要看你們——妳覺得妳現在的心情，一定就跟那次睡衣派對時艾琳．泰勒的心情一樣，當時艾琳說她在艦隊週活動期間去舊金山找她表姊玩，並且在全食超市的停車場讓船員摸她的胸部。這事件本身並沒有那麼刺激或浪漫，不過從故事引發其他女孩作出的嫉妒竊笑反應看來，妳絕對不會這麼想。妳真希望那些女孩能看見妳和韋斯特在一起，希望她們能跟那個身材骨感但屁股很大的女孩交換位置，看見妳和這個比妳年長八歲的男人、這個亂七八糟的成年人，成為眾人目光的焦點。

而現在那個身材骨感但屁股很大的女孩正從你們旁邊經過，並非常明顯地（至少在妳看來）試著不要洩露出她是多麼渴望獲邀加入你們的小團體。韋斯特起身慢跑到她身邊，顯然忘了他的腳應該要有多痛，而妳笑著大喊：「不要跟他說話；他是個騙子！」

韋斯特對女孩說：「我可以跟妳說兩句話嗎？」

「我聽說你是個騙子。」她說。

他聳聳肩，說：「妳得冒險賭一把了。嘿，對了，妳幾歲啊？」

「我幾歲？」

「是啊，我是說，妳不知道嗎？」

她打量他一番，然後說：「我十八歲。」

而韋斯特說：「很好，太完美了。」

她名叫裘丹，她是從丹佛來觀光的，同行者還有她的祖父母以及一對雙胞胎弟弟，她暱稱他們為「鬼怪巡邏隊」。她在家鄉有個叫克拉克的男朋友，而且她從來沒聽過大象的腳這回事。

「我對天發誓我以為度假村沒有半個跟我同年齡的人。」她對韋斯特說，雖然妳才是跟她同年齡的人。「我一直在沙灘上走來走去；這裡所有人要不就是小鬼頭，要不就是老頭子。」

妳試著用高中那些女生作參照，來給裘丹歸類。她有一點像凱蒂．康納，有史黛芬妮．皮爾森神經質的笑聲，又像莎拉．史東那樣似乎無法閉上嘴不講秋天要在西北大學展開新生活的事。

「西北大學對我來說很完美，因為它算是在城裡，又不是『在城裡』的那種在城裡，所以算是可以讓人同時享受到兩種世界的好處。」

韋斯特翻了翻白眼，吸了一口菸。「酷。祝妳在大學玩得愉快。」

「大學有什麼問題嗎？」裘丹問。

他搖搖頭。「沒有。很多真的很有錢而且外表看來很成功的人都上過大學。」

妳覺得這句話愚蠢地好笑，便發出一聲意料之外的爆笑聲。妳不確定妳笑的是他還是她，但妳知道他們也搞不清楚狀況，而妳認為這項事實更是詭異地好笑。

等韋斯特離開去海裡尿尿時（因為「那些小鬼簡直就是欠人尿」），裘丹說：「妳的繼兄有什麼故事？」

妳說：「他有什麼故事？」

她說：「對啊，我是說，他一直都是那樣嗎？」

妳說：「其實，韋斯特是我同父異母的哥哥。」

她說：「噢，抱歉。」

＊

星期一你們在沙灘上消磨時間。

裘丹在早餐後來找你們。「今天早上『鬼怪巡邏隊』真的煩死人了。」她邊說邊打開一瓶可樂娜啤酒。

「是啊，」韋斯特說，「弟弟妹妹最討厭了。」然後他朝妳眨眨眼睛。

裘丹瞇眼望向海平面。「你們想去海裡嗎？」

「好啊。」妳說。

「妳們兩個去吧，」韋斯特說，「我看著就好。」

裘丹率先跑向前並潛入海浪；妳跟在後頭蹚入水中。「不要噴到我，」妳說，然後立刻覺得自己很蠢，「我是說，不要故意噴我。」

裘丹把頭浸在水裡又伸出來。「妳有看到待在那裡的那群男大生嗎？他們有什麼故事？」

妳聳聳肩。「我想他們是兄弟會之類的吧。」

她若有所思地點點頭，接收這項資訊，並且當作謎題的解題線索一樣推敲它。「他們其中幾個挺帥的呢，我們應該找個人跟妳湊對。」

「我不知道耶，他們好像滿呆的。」

裘丹咯咯笑。「是啊，可是妳又不是要嫁給他們什麼的。如果他們很呆，那反而更好，因為你們會少花點時間說話，多花點時間親熱。」

妳回頭看著岸上。韋斯特說到做到，果然盯著妳們瞧。

「再說了，」她說，「我已經有男友了，所以我只能透過妳過過乾癮。」

⁕

星期二，全家人去玩高空滑索。韋斯特拒絕了，因為他的腳還在痛，但即使他的腳不痛，他也不會去，因為，一、那聲音他媽的吵死了，二、你他媽的在跟我開玩笑嗎？這趟行程好玩但廉價。根據一塊牌子的說明，當初《終極戰士》電影就是在這座叢林取景的，所以所有滑索都用阿諾．史瓦辛格的電影來命名。

至於韋斯特，他大部分時間就只是在沙灘上鬼混，不過那不關妳的事。裘丹有來找他嗎？嗯，可能有，很多人都來找過他，誰在乎？

他跟妳還有妳爸媽會合一起吃晚餐，地點在城裡一間妳媽聽說「非常道地」的餐廳。餐點很美味，但妳媽一直試著用西班牙語點菜，害妳差點尷尬而死。

服務生走了以後，妳湊過去小聲說：「媽，那個人的英語可能說得比妳還好。」

「唔，我現在在墨西哥啊；我想練習西班牙語。」

「妳不能直接跟墨西哥人說西班牙語；這是種族歧視。」

妳爸翻了個白眼。「噢，得了，這怎麼會是種族歧視？」

「感覺就是種族歧視。」妳說。

「她說得對，珠恩。」韋斯特嘴巴塞滿豆子說，「這超級種族歧視的。」

妳媽說：「如果我們在巴黎，我就會跟服務生說法語。」

「是啊，但那不一樣。」

「怎麼就不一樣了？」妳爸說。

妳不確定。「只是——感覺像妳在刻意放下身段似的。」

妳爸說：「我覺得妳把一些不公平的假設帶到這張桌子上了。」

韋斯特轉向妳。「他說得有道理，也許種族歧視的人是妳。」他嘴巴塞滿豆子說。

你們的服務生回到桌邊，妳媽說：「瑟吉歐？我剛才對你說西班牙語，會讓你不舒服嗎？」

瑟吉歐的表情變得很嚴肅。「不舒服？不會。」

「你會寧願客人對你說英語嗎？」

「英語或西班牙語都可以，兩種都沒問題。」

吃完飯，妳媽想看歷史秀，那是附近村莊裡類似馬戲團的壯觀表演。

韋斯特向後靠。「嗯，我對那種給觀光客看的狗屁沒什麼興趣。」

妳爸說：「噢，因為坐在沙灘喝調酒就不像觀光客了？」

韋斯特發出一聲乾笑——「哈！」——然後說：「不是，不過說真的，我不想去什麼愚蠢的歷史秀。」

「我玩高空滑索玩到累斃了，」妳說，「也許我跟韋斯特待在度假村就好。」

妳媽迅速瞥了妳爸一眼，不過他根本沒注意到。「親愛的，妳確定嗎？」她說，「從小冊子上的簡介來看，這表演其實沒那麼像給觀光客看的。我覺得它可能真的是一場貨真價實的文化體驗呢。」

韋斯特說：「不要就是不要，珠恩，省省力氣吧。」

妳說：「這個嘛，也許我還是去一趟好了。」

那是在一座舊的木造場館裡大型圓形競技場中進行的表演，有數百名表演者。整場表演都是講西班牙語，不過還滿容易猜出來龍去脈的——毫不間斷地概述曾經發生過的所有事，從馬雅人和其他早期殖民者一路講到現代。節目還不賴。妳很慶幸妳去了。妳媽似乎很高興妳去了，所以即使只為了博她一笑也好。

在坐計程車返回皇冠帝國飯店的路上，妳想像在巴亞爾塔港長大是什麼樣子。妳想像妳身為墨西哥小孩去看歷史秀——那是每個小孩都會做的事，就像美國的小孩會去六旗樂園或是大屠殺紀念博物館。妳會把那裡當自家廚房走；妳會把整齣戲背得滾瓜爛熟。妳想像在妳上大學前再去最後一次。

「走啦，愛蓮娜，」妳會對妳美麗又迷人的墨西哥好姊妹說，「一定很好玩。」

而她會說：「歷史秀？妳在跟我開玩笑嗎？」

妳們兩人會坐在後排，從頭到尾都在搞笑。「噢，所以這下阿茲特克人和西班牙人成了好朋友啦？對啦，那正是事情的真相。」不過當節目結束，燈光把舞台像墨西哥國旗一樣照亮，所有觀眾都在唱歌，妳們會閉上嘴。

表演完畢後，妳媽會問妳去了哪裡。「愛蓮娜和我去看歷史秀。」

她不會了解妳們這麼做半是胡鬧半是認真，就像十八歲的人做每一件事時一樣，而她會把妳摟緊，在妳耳邊輕喚：「噢，海瑟」——或不管西班牙文版的海瑟是什麼——「答應我，永遠別忘了妳是誰。」

那天晚上妳快要睡著時，妳想著妳的幻想好姊妹愛蓮娜和妳的幻想墨西哥老媽，想著她們兩人都不太能理解墨西哥歷史秀到底為什麼這麼深得妳心。妳想著，即使這個情境是捏造出來的，還是蘊含著相當真實的成分，因為**事實**：最重要的東西無法與人分享，只對我們重要。

妳媽對妳翻白眼的樣子，妳突然決定不再吃紅肉，妳看見妳爸的襯衫披在椅背上時立刻感到一股難以解釋的悲傷。妳可以把它們都寫下來，妳可以把它們記錄在事實手冊裡，但真實狀況是沒有人能夠真正了解，使妳之所以為妳的那些糾結複雜的經驗與感情。這是一套祕密收藏品，一種私密的語言，一顆妳口袋裡的小圓石，妳焦慮時會把玩它，它生硬如幾何學，滑順如肥皂。

即使是兩人間的一個吻，那是妳中學演的音樂劇《歡樂音樂妙無窮》開幕夜當天，在後台偷偷進行的吻。哈洛德．希爾從布幕中間往外窺探，對演市長夫人的妳悄聲說：「我好緊張。」然後他說：「我們會永遠記得這一刻，對不對？」妳還來不及回答，他就快速而輕柔地親吻妳的嘴——他吻得好溫柔，好像妳是一隻紙鶴，好像妳是用面紙做成的生物，風一吹就會散開。之後他看著妳，然後他小聲說：「噢。」

即使是那段共享的經驗——至少是它真正的重要性，它真正的意義——也只屬於妳一個人。

「噓，你會吵醒海瑟的。」說這句話的人是裘丹，她在妳的飯店房間裡，在半夜把妳驚醒了一會兒，不過事情發生的當下妳不能理解怎麼可能會這樣。妳相當確信妳一定是在做夢。

＊

星期三妳醒來時，蓮蓬頭開著，韋斯特在他的床上，妳在妳的床上，而蓮蓬頭開著。地上有件胸罩，那不是妳的胸罩，還有幾件衣服，和一個手拿包，韋斯特穿著長袖T恤在沉睡，而蓮蓬頭開著，妳起身走到浴室，蓮蓬頭關上了，裘丹裹著浴巾走出來，朝妳微笑並悄聲說：「嘿。」

「妳怎麼會在這兒？」妳說，她對妳露出卡通般的鬼臉，說：「抱歉，真尷尬。」

而妳說：「不。裘丹，妳為什麼在這兒？」

「我不知道，我們昨天晚上玩在一起，韋斯特問我要不要上來房間，我說好。妳昨天晚上去哪了？」

「那克拉克怎麼辦？」妳說，而她說：「我知道，我也覺得有點罪惡感，不過反正我去西北大學後我們大概也會分手。再說，又不是我背著他偷吃之類的。韋斯特和我什麼也沒做。我們只是窩在一起，稍微親了幾下嘴而已。」

當她這麼說的時候，妳一定是露出某種表情，因為她接著說：「我不知道妳為什麼要為難我，韋斯特和我真的心靈相通。如果因為妳對他有某種詭異的迷戀，所以妒火中燒之類的，我也沒辦法。」

妳說：「好嗯，他是我哥耶。」她說：「對啊，沒錯，好嗯。」

妳說：「我不能——我沒有——」

韋斯特哼了一聲，翻過身來，抬頭看著站在門口的妳們兩人，算是同時微笑和畏縮，說：「哎呀，這不是我最喜歡的兩位女士嗎。」

到了這時候，妳知道如果妳不立刻離開房間，妳可能會不小心／刻意挖出某人的眼珠，所以妳抓起妳的房卡，下樓到餐廳去。妳在那裡遇到妳媽，她看到妳時皺起眉頭，說：「妳下來吃早餐時真的應該換掉睡衣。」

那天早上，妳跟妳爸去浮潛（韋斯特已經客氣地拒絕邀請），下午妳和妳爸媽搭了兩小時的巴士去參觀某座廢墟。

結果廢墟如何？它們毀得很徹底。一切都毀了。「妳要自己解決晚餐了。」妳媽說，於是妳在游泳池邊的咖啡館吃了個墨西哥捲餅。

那天晚上，韋斯特沒有回房間。妳讀了妳那本講紐約高中女生的蠢書。它無腦又愚蠢，但妳想知道故事怎麼發展。

＊

星期四妳有了個計畫。

裘丹要跟她祖父母還有鬼怪巡邏隊搭船出遊一整天，所以妳可以獨享韋斯特。妳打算跟韋斯特坐在沙灘上，好像一切都很正常，只是一切並不正常，而他心知肚明。

韋斯特會試著說些蠢話來緩和緊繃氣氛，然後妳會說些聰明的話，而韋斯特會試著用「呿……」或「切……」之類的話來試著轉移話題。而妳不會輕易放過他，妳會說：「是嗎？呿？」而韋斯特會呻吟一聲，說：「時間太早了，我還沒有醉到能散發魅力。」而妳會說：「你的魅力沒有強到能當一個醉鬼。」而韋斯特會皺起眉頭，說些荒謬的話，像是：「妳不該這麼聰明，對妳的皮膚不好。」而妳會啜一口黛綺莉，說：「好吧。」語氣同時像是不假思索又充滿毀滅力量。那真的會讓他覺得自己很蠢。那幾乎可以摧毀他。

事實：星期四一整天妳都沒見到韋斯特。

在某一刻，妳爸發現妳在游泳池邊看書，便說：「韋斯特在哪？」

妳聳聳肩，嘟噥道：「我哪知道？我幾乎不認識他。」

妳爸說：「好吧。」

他正準備走開，但妳說：「對了，你們要我跟這個我不認識的二十六歲男人同住一個房間，真的超詭異的。」

妳爸說：「得了，妳認識韋斯特，妳是跟他一起長大的。」

「我六歲時他就搬出去了。」

妳爸翻了個白眼。「所以妳希望像在家裡一樣，有自己的房間？現在妳是在爭這個嗎？」

「不是，爸──」

「因為很多人都跟兄弟姊妹共用房間。我一直跟我妹妹共用房間，直到我上大學──」

「不是，那不是重點。我只是覺得這次度假我才第一次跟他見面，這件事本身有點鳥。」

「這並不是第一──」

「我六歲以來的第一次。」

「首先，請注意妳的用詞。」他說。「第二，妳可能不明白，韋斯特在過去十年間成熟了很多。妳媽和我是為妳做了最好的決定。如果妳小一點的時候就認識他，我不認為妳會很喜歡他。」

妳說：「是喔，嗯，我現在也談不上喜歡他啊。」

「唔，很遺憾妳這麼覺得，不過妳是沒辦法自己住一間房的。這裡的房間很貴。」

事實：妳爸有點混蛋。

＊

星期五早上，妳醒來時發現韋斯特趴在他床上，身著四角內褲和長袖T恤，床單有一半剝離了床墊。妳打算不發一語地離開，因為說實在的，妳還能說什麼呢？

但這時候他在床上像魚一樣扭動，妳無法判斷他是快要醒了，還是這只是類似浮腫的屍體洩出氣體的狀況。然後，像是生病的動物要找個地方等死一樣，那個問句從他的嘴巴裡爬出來：「妳今天要來沙灘嗎？」

妳說：「你都跑到哪去了？」妳說的時候試著讓語氣若無其事，然後又馬上恨自己要裝作若無其事。好像妳欠他似的。

他呻吟道：「妳知道，就在附近。來沙灘嘛。」

「裘丹會去嗎？」

「天啊，我不知道。」

妳說：「你都跑到哪去了？」但這次妳的語氣非常嚴肅，讓他知道妳是很嚴肅的。

他說：「怎麼，就因為我們一起玩了兩天，現在我們做什麼事都得綁在一起？」

妳說：「你有什麼毛病？你到底為什麼要來？」

他說：「我來坐在沙灘喝醉。妳又為什麼要來？」

妳說：「我是來見你的。」

妳以為這能讓他閉嘴，但妳開始發現，**事實**：妳家的男人是不會閉嘴的。

「是嗎？所以妳才一直跟妳爸媽有一些小行程嗎？」

妳說：「你知道嗎，是我爸媽出錢讓我們來這裡的。房間很貴——」

他說：「噢，很好，是啊，我猜這下一切都搞定了。我猜因為他們現在讓我跟來參加昂貴的度假行程，就表示他們沒有搞砸我的童年。」

「我不懂你幹嘛把氣出在我身上，這又不是我的錯！」

「妳以為我想發牢騷？我只想去沙灘！」

妳把手扠在腰上，說：「好，我們去沙灘。」

他說：「不，現在妳像個小屁孩了。妳現在是同時來了五種月經之類的嗎？」

你們去了沙灘。裘丹在那裡等著。韋斯特點了杯啤酒，裘丹也點了杯啤酒，每隔幾分鐘他們就會好像毫無來由地咯咯笑，而妳會說：「你們在笑什麼？」

韋斯特會說：「沒什麼啦，很蠢。」

裘丹會說：「這是圈內人才懂的笑話。」

然後妳媽經過，問妳要不要去度假村的水療館按摩，妳說：「**要**。」

按摩得如何？還可以，管他的，很舒服。謝了，媽。

後來，妳在游泳池邊的酒吧找到韋斯特，他在跟第一天晚上和丈夫一起下計程車的那女人說話，就是覺得這裡有隻狗很搞笑的那個喝醉的女人。

韋斯特對著妳微笑。「嘿，海瑟，妳記得艾米嗎？這是我妹妹海瑟。」

「噢——」艾米說，「好可愛。」

韋斯特對妳眨眨眼。

妳說：「我得走了。」

＊

那天晚上，你們全都聚在一起，去妳媽在網路上找到的一間不起眼的小餐館吃晚餐。韋斯特臉上有個綠色的瘀青，看起來像黑眼圈的初期階段。「天啊，你的臉怎麼了？」妳媽問。

「我跟一隻海鷗打了一架。」韋斯特以他招牌的挖苦風格回答，讓人很確定他在開玩笑，但不確定笑點是什麼。

「我不懂，」妳爸說，「你怎麼會跟海鷗打架？」

韋斯特聳肩。「我們打了一架。我們意見不合，不過現在都搞定了。」

晚餐還不賴；妳吃的是墨西哥餡餅。妳爸媽一度離席，韋斯特說：「從這一點就能看出你跟某人生活在一起太久了——如果你們得同時去上廁所的話。」

妳看著他。「是艾米的老公把你眼睛打成那樣嗎？」

他說：「海瑟，妳為什麼總要去戳屎堆？妳為什麼就不能讓屎自己安安靜靜地當一堆屎？」

妳說：「天啊。」

他說：「好吧，妳一直在看我；妳知道那是什麼感覺嗎？」

妳說：「你生我的氣是因為我看你？」

他說：「拜託不要又開始了。相信我，我從裘丹那裡已經聽夠了愚蠢的青少年廢話。天啊，跟妳們兩個在一起，好像害我又重讀一遍高中似的。」

妳說：「是你跟她上床的——沒人叫你這麼做。說真的，我根本不知道你看上她哪一點；她很無腦，而且屁股又大。」

韋斯特笑了。「天啊，妳們兩個真是半斤八兩。妳們表現得像好麻吉，對方不在的時候卻會說最惡毒的話。」

妳的臉發熱。妳並沒有想到妳不在的時候他們兩個有提到妳。

「我不知道妳覺得我該怎麼樣。」他說，而妳開口說：「我覺得你該——」但他沒等妳說完：「妳簡直就跟妳老媽一樣，妳知道嗎？妳以為妳下來這裡，就能得到某種真實的、道地的、純粹的體驗嗎？妳以為我們是什麼？妳不了解我。我們一起吃晚餐，大家表現得像我們是一家人。但我們不是一家人。我們是他媽的觀光客。」

妳在雅座上往後靠。「你臉上有食物。」

他用餐巾擦臉。「擦掉了嗎？」

「嗯。」

妳爸媽回到桌子邊。「妳爸和我覺得今天晚上去跳騷莎舞還不錯，我們四個都去。我們找到城裡有個地方，他們會教學。」

「我不認為我會這麼做，珠恩。」韋斯特說，他用一片墨西哥玉米片把盤子裡的一塊肉推來推去。「妳知道，因為我的腳痛什麼的。」

「你的腳好得很。」妳爸沒好氣地說，「見鬼，我們付錢讓你來這裡是為了跟家人相聚，不是讓你一個人坐在沙灘上整天喝個爛醉。」

韋斯特抬起頭，在片刻間，他彷彿可能拿起盤子丟妳爸的頭，不過他卻說：「好吧，我們去跳騷莎舞。」

騷莎舞不如妳所喜歡／討厭的那麼親密。老師一直要你們換舞伴，所以妳跟韋斯特跳了一下，跟妳爸跳了一下，跟陌生人跳了一下。妳主要是跟陌生人跳。

「真好玩，」妳媽臉紅紅地說，「我覺得很好玩。」

妳爸媽在辯論要給老師多少小費時，妳和韋斯特晃到外頭呼吸新鮮空氣和／或抽菸。你們在人行道邊石上默默地站了一會兒。韋斯特咳了一聲，說：「嘿，海瑟？」

妳說：「嗯？」

他說：「有時候我覺得我不用跟妳說一些事，因為我覺得妳看著我的時候，妳什麼都看到了。」

當時妳什麼也沒說，因為妳實在沒有力氣再跟他爭辯了，不過後來妳才意識到，這是他最近似於道歉的表現、也是他唯一嘗試道歉的方式。

＊

嗯，星期六。

妳醒來時，韋斯特躺在床上，還在睡，沒穿上衣。這是妳第一次看到他沒穿上衣；原來他的背和手臂都布滿難以理解的刺青，已經褪色且有疤痕，又是另一個永遠不會獲得解釋的謎團。

早餐後，妳爸媽跟櫃台確認帳單（「我兒子記了多少筆酒錢在房間的帳上？」），而韋斯特把妳的行李搬到人行道邊。他要搭當天下午稍晚的飛機離開，他原本打算把最後幾小時花在沙灘上，但現在他不太確定了。「我對整個度假村的事有點膩了。」他說，「也許我會把行李留在這，到城裡去閒晃一番。」

妳想著返家的航程，妳想著即將來臨的暑假。妳和凱蒂・康納在市立運動中心找到救生員的工作。妳確信她會有一週份的八卦等著與妳分享，連一次都不會問起妳去巴亞爾塔港的旅行玩得如何。

然後妳想著大學，想著妳的室友會是什麼樣子，想著妳要上什麼課，以及等在妳前方的各種冒險，就像墨西哥漫長的歷史一樣又長又複雜。

而韋斯特說：「嘿，別斷了聯絡，好嗎？」他看著妳。他對妳露出某種無力的笑容並聳聳肩，像是在說：「那麼……」而出於某種原因，這小小的交流雖然什麼也不是，卻足以觸發妳的開關，妳哭了起來，就在飯店門口，而飯店服務生正在把妳的行李搬上機場接駁車。妳哭了起來，不是真的因為韋斯特說了什麼或做了什麼，只是——妳就哭了起來。

而韋斯特變得極度不自在，無視了妳一會兒，四處張望，彷彿旁邊可能有他認識的人，而妳害他在他們面前丟臉了。然後他說：「嘿，好了啦，妳不需要……夠了喔。」妳試著停止，但那只讓妳哭得更兇，他說：「嘿，我說真的，停下來好嗎？妳讓我起雞皮疙瘩了。」

嘿，我是認真的，停止。停，停，拜託停。拜託。拜託？」這最後一聲「拜託」太超過了，妳搖搖頭，抬頭看他，他沒有說，但妳看得出他在想：

是啊，我知道。

跟甩掉你的人共進午餐

你收到你的前××寄來的電子郵件，找你見面吃個午餐，不管××到底代表什麼關係。電子郵件的語氣友善、隨興，稍嫌生硬。你也回了一封友善、隨興、稍嫌生硬的電子郵件，兩人約好了日期。可是這會是怎樣的一餐飯呢？來吧，屏住呼吸，轉！動！輪！盤！

不傷感情的午餐

這可能是最好的一種狀況。你們可以當回朋友，把所有醜惡拋在後頭。

「你和我，我們沒事了，對吧？」

你會同意，不管你們曾有過的是什麼都很美好，它本身很美好，只是時機不對，你們要的東西不一樣，畢竟你們是兩個不同的人；就像艾拉．費茲潔羅的歌，它〈只是那種事物的其中之一〉，不過去掉拍著薄紗翅膀飛向月亮的那個部分。

你們會無力地互相宣告，這件事裡沒有壞人（因為其實的確沒有），並且半是真誠地保證你們沒有被對方的朋友痛批，他們沒有在背後長篇大論、沸沸揚揚地討論你們有多爛。不過最重要的是，你們對一件事心照不宣：你們兩個都是凡人——渺小、受傷、脆弱、可寬恕的凡人，面對必須日復一日活下去這種非人的情境，只能盡力而為。

在宏大的體制下，這個傷不足掛齒——就像是被剃刀刮了一下，像是膝蓋擦破皮——如果你們說了夠多次，而且每次說的時候語氣夠強烈、笑容更燦爛一點，你們甚至能說服自己。畢竟，你們究竟在期待什麼呢？就現實層面來看，這段關係能走到哪裡呢？難道在有人真正受傷之前，就讓它在現在結束，不是最好的發展嗎？

這樣好多了。這能說得通。

一切都很好，你們可以向彼此和你們自己保證。一切永遠都會很好的。

子彈上膛的午餐

你準備好了嗎？你有沒有列好名單，子彈上膛，準備開槍？

你們分得很突然。也許你們並沒有對彼此說出所有你們想說的話；也許現在經過時間的沉澱，你們開始意識到自己受的各種委屈。我希望你在腦子裡揑塑那股義憤，為它塑形，雕琢它。最犀利的措詞是什麼？怎樣才能用最殘忍、最快速的方式見血？

爭吵開始時，你要待在後方，像蝴蝶一樣輕輕飄浮，讓你的對手用盡所有的好素材，然後你再出擊。記住，最後笑的人能夠笑得最久，所以要確保你是最後笑的人，而且輪到你笑的時候你要笑得誠懇，同時又帶著「這一切並不重要我並沒有在夜裡清醒地盯著天花板反芻這些心痛」的冷淡疏離態度。這頓午餐將一次決定這場分手誰是贏家誰是輸家。你接受訓練為的就是這一刻，正義終將伸張的算總帳之日。群眾怒吼，法官擊槌。噢，光榮的報應，你的滋味何等甘甜，你的尖刺何等苦澀。

這頓午餐不會很愉快，而你們兩人事後都會感覺很糟——它完全不會提供你們兩人各自期望的了結感——不過如果這件事還有好的一面（而你們不確定有好的一面），那就是你們確保了你們之間曾有的一切，不論是什麼，都是有重量的。它會帶來撞擊力。你們可以安心地拋開恐懼，不用擔心你們只是對方人生裡的雷達光點、一個註腳。你們做過的事很重要。你們傷害了某個人，某個人也傷害了你們。

破鏡重圓的午餐

夾著尾巴道歉的午餐。淚眼汪汪的「我好想你」、「是我錯了」、「我們復合好不好」的午餐。

大概不是這樣，不過你可能最好還是擬個計畫，以防萬一。

因為如果是這樣，如果你的昔日愛侶確實決定，你們的關係雖然是片荒原，但還是比孤家寡人這片荒原來得有吸引力，那麼你有兩個選項，而你應該預先考慮它們。

選項一是好、好、好。你可以用迫切的氣勢攻擊這個「好」，盲目地、浪漫地、歇斯底里地衝進「好」裡頭去。放火燒了你的自尊，把時針往回撥，假裝你們從未分手。你們兩個都是傻瓜——當時你們是不同的人，你們是孩子。這次你們能成功，因為現在你們知道了你們可能會失去什麼。你們發誓，這次你們真的會努力，這次你們做所有事的時候用的不會是米色和灰色，而會是明亮、大膽、鮮豔、美麗的全彩。

不過話說回來，也許打從你們分開以後，你們就好好思考了一番。也許你們看出毫無顧忌地縱身投入另一個人帶來的爭吵中實在很愚蠢。也許這正是你們需要被潑的一盆冷水。我是說，我們實際一點吧。

問題如下，你應該要有個計畫：你是張開雙臂歡迎愛回來，還是在理性思維的支持下，你讓這個人心碎，就如同對方讓你心碎？

你應該要有個計畫，但不要抱太大的希望。這頓午餐大概不會是這樣。這頓午餐有很多種可能，但幾乎絕對不是這個。

念舊的午餐

如果你們約在其中一人的公寓附近吃午餐，飯後節目可能就是再打一炮。你知道，念在往日情分上。你知道，念在舊情。如果你們不再鬼混在一起，那些舊時光真的會很失望的，這是你們欠它們的。

那些時光。

舊時光。

這不是復合，也別騙自己說這是一種了結。這是一種介於中間的東西。甚至，它算是某種東西嗎？也許就「某種東西」最廣義的定義來說算吧。這玩意兒不太算某種東西，不過稍微比什麼也不是要多一點。

它像是你最愛的小說的改編電影，像是你最愛的電影的主題樂園遊覽版本。它是影印本的影印本，是鬼魂的影子。

它是無麩質的義大利麵。

不過至少它是義大利麵。

「你的東西還你」的午餐

還有什麼好說的？

看來，世界仍持續運轉。

洪水退去，烈火化為灰燼。

你早知道這一天會來，但你不想要相信。傷疤癒合了，宇宙冷卻了，你那像刺蝟一樣小心翼翼的心舒展開身體，收起尖刺，繼續朝著它隨意挑選的方向走去。一件毛衣擱在別人的衣櫥裡，一個幾乎不存在的物品，提醒你其實也沒什麼的回憶。

你非常願意永遠消沉下去，不過卻發現有工作要做，有飯要吃，有電影要看，有雜務要辦。你的本意是永遠當個廢人，把你的悲慘當作紀念碑，像是冷硬大地上的一道傷口，不過老實說吧，誰有時間搞這種名堂？

於是，你存活下來了——顯然你們兩人都是——而情況令人震驚地順利。但是有一件毛衣擱在別人的衣櫥裡。或許還有一本書，或是冬天的針織帽。

你們之間有過的任何火花的記憶都生鏽了、腐蝕了，疏於維護，乏人問津。這不是什麼偉大的風流韻事。這不是什麼驚天地泣鬼神的愛情悲劇。這只是一連串發生的漫長事件中發生的另一件事罷了。

你的東西還你。祝你日子過得愉快。

魯法斯。

「魯法斯」這個聲音有很多意義。有時候人類怪物發出像是「魯法斯」的聲音時，它的意思是「來這裡」。有時候「魯法斯」的意思是「我正在摸你的頭」。有時候「魯法斯」的意思是「我見到你很開心」，有時候意思是「我很不高興」。我分辨得出「魯法斯」這個聲音的很多種意思，我非常聰明。

偶爾，人類怪物會跟別的人類怪物製造一些噪音，而在許多令人煩躁的莫名其妙的噪音中，人類怪物會發出「魯法斯」的聲音，而我會看著人類怪物，意思是：你為什麼要發出「魯法斯」的聲音？人類怪物看到我在看，就會笑。我不知道這件事為什麼讓人類怪物這麼樂，但我很開心能逗樂他。

人類怪物會發出許多聲響，而我作為人類怪物的同伴，我的一部分職責就是區分聲響並辨識意義。起初我對辨識人類怪物發出的聲音有什麼意義並不感興趣，我何必費這個力氣？我是個有豐富內心活動的生物；我應該把時間浪費在試著理解人類怪物的哼哼唉唉代表什麼意思嗎？可是現在我發現人類怪物非常拙於分辨我發出的聲響代表什麼意思，所以假如我們之間要有任何的理解，就必須由我來分析意義，而由於我們住在同一棟房子裡，某人能理解某人對大家都比較好。所以，好吧。我們是同伴，而我負責分辨意義。

比如說：人類怪物不高興的時候，會發出像「懷勾！」的聲音，這是人類怪物所能發出最糟糕的一種聲音了。「懷勾！」出現代表宇宙密謀要讓你的人生變得悲慘無比，你毫無希望可言。人類怪物有很多次對一些狀況非常惱火，對我發出「懷勾」的聲音，好像宇宙不公平都要怪我似的。我這麼小，看到人類怪物情緒這麼激動對我來說非常可怕，但我知道人類怪物只是愚蠢的野獸，不知道「懷勾」不是我的錯。

有時候是我的錯啦。有時候人類怪物出門了，我會找到一些小軟物來玩，結果情況失控，不知怎麼地小軟物就壞掉了。我知道這下子人類怪物可不會開心，所以人類怪物回到房子時，我跑到另外的房間，這樣人類怪物就不會知道是我把小軟物弄壞的。我在另外的房間做自己的事時，人類怪物走進前面的房間，發出類似「歐不！」的聲音。

我非常自然地走進去，意思是：你在歐不什麼呢？我剛才在另外的房間，完全不清楚為什麼要歐不。欺騙人類怪物讓我有一點點內疚，不過我知道這是為人類怪物好。人類怪物已經因為小軟物被弄壞而不高興了，要是人類怪物知道小軟物是被我——人類怪物的好朋友——弄壞的？到時候場面會很難看。

人類怪物還是很生氣，發出像是「懷勾！」的聲音。發出像是「泥威蛇摸醬？」的聲音。我很難過，在這個狀況下，也許真的是我造成人類怪物的不愉快。也許這次我確實是「懷勾」。這讓我對小軟物的事非常非常後悔，因為在那當下我沒有想到人類怪物，可是我把小軟物弄壞的一瞬間，我就知道人類怪物不會喜歡這樣。

不過接著我就想到我騙過人類怪物的事。人類怪物不知道是我弄壞了小軟物，這樣很好。人類怪物不知道這次「懷勾」的源頭就是我。人類怪物以為我是「豪勾」，把我視為「豪勾」能讓人類怪物開心，所以我讓他這麼想是好事。也許因為讓他這麼想，使我終究是個「豪勾」無誤？我經常思索這個問題。是誠實比較好呢？還是做好表面功夫，讓別人對你有好印象，知道他們可以依賴你，這樣比較好呢？對像我這樣的小生物來說，這些問題太大了。也許沒有正確答案？

人類怪物和我早晚會進行健身散步。這很好——看看社區，聞很多氣味，觀察其他生物，排泄——這很重要。年紀小一點的時候我會在房子裡排泄，可是老實說這不是很令人愉快，因為這樣排泄物就會跟你一起待在房子裡。在房子外面排泄比較好，現在我知道這樣比較好了。現在我在跟人類怪物進行早晚的健身散步時排泄。這種方式好得多。

我能學習一些事，表示我超級聰明。我對這項能力非常自豪。人類怪物沒那麼聰明，不懂得學習。人類怪物在房子裡排泄，在專門用來排泄的房間裡。人類怪物以為關上門我就不知道他在排泄，但我知道。我可是很聰明的。

有時候我感覺再不排泄就要炸開了，但我知道晚點總是有機會去外面排泄，結果也總是成真了。人類怪物不知道要等著去外面，不過沒關係。人類怪物不知道他不知道的事。

在健身散步時我觀察很多其他生物，有大也有小。有些生物有很多氣味，非常有意思。其他生物氣味比較少，沒那麼有意思。無論是哪一種情況，對所有生物來說觀察都是一種很愉快的體驗。我觀察生物的前面。然後我觀察生物的後面。如果生物像我一樣小，生物可以跟我同時觀察對方的後面。否則的話，我們就輪流。有時候我正在觀察，人類怪物會拉扯約束物，發出像是「豪拉該謅拉」的聲音。

這非常不必要又令人厭煩。也許人類怪物覺得我已經觀察完了？如果是的話，還真沒有邏輯可言，因為如果我觀察完了，我就會離開，根本沒有理由去拉約束物。如果還有要觀察的東西，我會繼續觀察，所以也沒有理由拉約束物。可是人類怪物不懂這個道理。有時候我覺得要是我變成人類怪物，人類怪物變成生物，我會更努力去理解生物想要什麼。不過人類怪物也會做一些我不擅長的事，像是開門，所以也許我畢竟沒辦法勝任人類怪物的角色？也許我是生物，人類怪物是人類怪物，這樣比較好。

有一次在進行晚上的健身散步時，我觀察到遠處有個生物，這是非常奇怪的經驗。這個生物沒有人類怪物，也沒有約束物。牠是個很大的、棕色的生物，隔著很多區域看著我。我大惑不解地看著棕色大生物。棕色大生物的約束物在哪裡？棕色大生物的人類怪物在哪裡？棕色大生物有同伴嗎？棕色大生物有可以睡覺的房子嗎？誰幫棕色大生物開門？誰在碗裡放食物？我懷疑棕色大生物會不會看著我，覺得我被人類怪物約束著是很愚蠢的事。也許棕色大生物覺得不需要人類怪物。也許棕色大生物覺得我非常不聰明。這把我氣到了，所以我對棕色大生物發出聲音。沒有受到約束的棕色大生物跑走了，人類怪物發出類似這樣的聲音：「豪拉魯法斯，窩悶走了。」

隔天，我覺得碗裡的食物味道變得不一樣了。不是不好吃，只是不一樣。

有一天，過了很久後的某一天，在進行早上的健身散步時，我正在觀察生物——跟我一樣小，有白毛；氣味強烈，去過很多地方——我注意到這次人類怪物沒有拉約束物。人類怪物反倒是跟拽著小白毛生物的約束物的那個人類怪物一起發出一些聲音。另外這個人類怪物又高又瘦，聞起來有大量的肢體運動。兩個人類怪物都在笑，發出許多愉快的聲音。我抬頭看著人類怪物，意思是：好了，我現在觀察完這個生物了，我準備好去觀察其他狀況了。可是人類怪物沒在注意我。人類怪物在笑，對著瘦高個兒發出活潑的各種聲響。

稍晚的時候，瘦高個兒出現在房子。這樣很好，因為瘦高個兒散發小白毛生物的氣味，對我來說很有意思。我跳向他，觀察所有氣味。瘦高個兒發出像是「歐！悠煎刀泥惹！」的聲音，而人類怪物則發出像是「魯法斯！坐蝦！」的聲音。人類怪物和瘦高個兒互相發出一些聲音，然後從門走出房子。我試著跟上去，但人類怪物在我出去前就把門關上了。人類怪物經常忘記我不能開門，所以如果我在裡頭時他把門關上，我就得待在裡頭。我發出許多響亮的聲音，試著提醒人類怪物我還在裡面，但人類怪物因為瘦高個兒而分心了，並沒有回來開門放我出去。

在這天晚上，人類怪物很晚才回來。倒不是說人類怪物很晚回到房子是壞事，只是一項觀察。

接下來，瘦高個兒出現在房子很多次。有時候瘦高個兒出現以後，兩個人類怪物都離開了。有時候瘦高個兒留下，兩個人類怪物都坐在大軟物上，看著很吵的平盒子發笑。如果說我有發現人類怪物的什麼特性，那就是他們喜歡看著很吵的平盒子發笑。

有時候瘦高個兒會跟小白毛生物一起來，而人類怪物就會發出類似「四忍月灰！四忍月灰！」的聲音。兩個人類怪物看著很吵的平盒子，小白毛生物和我則從前面的房間跑到另外的房間。人類怪物非常貼心，跟瘦高個兒待在一起，讓我能和其他生物在不同房間跑來跑去。我心生一念：多好啊！人類怪物給他的同伴找到一個同伴！我知道對人類怪物來說，讓房子裡有這麼多生物並不容易，因為有時候人類怪物對瘦高個兒會情緒激動，大喊大叫。其他時候，他們會扭打互咬，我無法判斷是在玩耍還是出於憤怒。

有一天晚上，人類怪物和瘦高個兒在看著很吵的平盒子時，小白毛生物進到另外的房間，跳到另外的房間的大軟物上。這非常不恰當。我知道是這樣。我對小白毛生物發出聲音，表示：嘿，也許你不該在那上頭？也許人類怪物他們不喜歡？我跑到前面的房間向人類怪物通報這個狀況，我發出很多聲音表示：另外的房間的大軟物上有生物！我知道生物不該在另外的房間的大軟物上，只能到前面的房間的大軟物上。但人類怪物漠不關心。他發出類似「魯法斯，安京！」的聲音。我看著人類怪物。我看著瘦高個兒。他們兩個都只是坐在前面的房間的大軟物上，看著很吵的平盒子。

我回到另外的房間。小白毛生物窩進大軟物裡。我心想：也許也還好？也許這次生物是被允許到大軟物上頭的？我跳到大軟物上。很舒服。很軟。到處都是人類怪物的氣味。我趴下來。真是不可思議的感覺，感覺好像我永遠都被人類怪物擁抱在懷裡，感覺好像房子裡頭的房子。我滿心歡喜，我望向也在大軟物上的小白毛生物，我看見**災難**。小白毛生物排泄了。就在大軟物上。我知道這是壞消息。

一開始我嚇得動彈不得。怎麼辦？要通知人類怪物嗎？我是人類怪物的同伴，我知道我該針對房子裡的所有狀況示警，但人類怪物對這個消息會非常不高興。這是「懷勾」型的消息。我想到，也許如果我不去示警，人類怪物就會晚點才發現，就不會知道是誰在大軟物上排泄。也許人類怪物會認為是他在大軟物上排泄，只是他忘了？可是缺點是，也許他會認為是我在大軟物上排泄！這是最壞的一種可能，光用想像的就知道很糟。我意識到我必須現在就示警。

我跑進前面的房間，發出許多很大的聲音。

人類怪物對我發出類似「魯法斯！不行！」的聲音。

我跑回另外的房間再回到前面的房間，一路發出聲音，像是在說：來啊！看這個房間！

人類怪物發出像是「魯法斯！安京！」的聲音。

瘦高個兒發出像是「安京，魯法斯！」的聲音。

想當然，我更加沮喪，因為現在瘦高個兒認為他可以對我發出「魯法斯」的聲音了是嗎？我們又不是同伴。我可不認識這個人類怪物。

來複習一下：瘦高個兒把別的生物帶進我的房子。瘦高個兒的同伴生物在我的人類怪物的大軟物上排泄。現在我試著向人類怪物示警，因為我很聰明，結果我卻因此被視為一個討厭鬼。我被視為「懷勾」。這一切令我非常非常沮喪。我心中警鈴大作，擔心以後事情就是這樣了。我一直發出聲音。

人類怪物從前面的房間的大軟物上站起來，讓我知道他是認真的。他發出像是這樣的聲音：「魯法——斯……」

我跑回另外的房間，讓人類怪物跟著我。結果人類怪物卻關上房間之間的門。這很糟。人類怪物明知道我不能開門！

到了這個地步，我已經非常氣惱人類怪物不懂我的意思。我很努力去理解人類怪物製造的各種聲音的意義，但人類怪物卻沒有花半點心思去學習我發出的聲音的意義！怎麼可以這樣呢？要是我能對人類怪物發出聲音，而人類怪物心想：「噢，我懂了。我的同伴想告訴我另外那個生物在我的大軟物上排泄了。我有同伴告訴我這些事真棒，我能理解真棒！」這樣事情就簡單得多了。然而我發出聲音，人類怪物卻想：「我不懂。我不喜歡噪音，噪音很討厭。同伴製造噪音一定沒有理由，他一定只是因為不知道我不喜歡噪音才製造噪音。我得罵他！這是最好的解決方式！」真是累死我了。

後來我回想這件事，我覺得很難過。人類怪物不懂不是他的錯。人類怪物是不能理解意義的，只有我才能理解意義。我很聰明，人類怪物不聰明，這不能怪人類怪物。

可是現在我跟另外的生物的排泄物一起被關在另外的房間裡，這是很糟糕的狀況。我發出很多聲音。我抓門。小白毛生物也發出聲音。我很滿意現在小白毛生物決定貢獻一己之力，但我也知道小白毛生物根本就是始作俑者，所以在我的故事裡，小白毛生物還沒有洗清罪名。

人類怪物打開門。人類怪物氣炸了。他抓住約束物用力拉。他發出像是這樣的聲音：「魯法斯！泥槓麻！」有時候他發出「魯法斯」的聲音時我知道是好事，但這次不是好的「魯法斯」。我很害怕人類怪物在這麼生氣的時候會對我做出什麼事來。可是這時候人類怪物聞了聞，我看出他在觀察。他走到大軟物旁，他看到排泄物。發出像是這樣的聲音：「喬——！」

瘦高個兒走進來，觀察大軟物上的排泄物，發出像是這樣的聲音：「歐！遮施誰乾的？」

人類怪物發出像是這樣的聲音：「噗施魯法斯。窩相施瓢蟲。」

瘦高個兒發出像是這樣的聲音：「瓢蟲？施泥嗎？哎唷喂呀。」

這下人類怪物非常不高興了。「哎唷喂呀？哎唷喂呀?!」

瘦高個兒聳肩。「方輕鬆拿只施依歪！沒蛇摸搭噗了。冷京依點。」

而人類怪物發出像是這樣的聲音：「窩噗施在氣瓢蟲，但泥科以多點歉依。」

「泥先栽施仁真的嗎？泥施要窩來清理嗎？泥有遮摸悠知嗎？」

「妖泥拔泥自己的勾支糟的髒亂清干京噗交悠知！」

瘦高個兒擺出非常嚴肅的表情。他發出像是這樣的聲音：「泥刀滴栽跟窩抄蛇摸？」

這次事件過後，瘦瘦高高的人類怪物就沒那麼常回到房子來了。小白毛生物也沒那麼常回到房子來了。

理論上來說，這不算是壞事。我跟人類怪物有更多時間可以相處。有更多時間可以進行更久的健身散步。有更多時間讓人類怪物丟球讓我撿回來。

可是人類怪物並不想進行更久的健身散步。人類怪物不想丟球讓我撿回來。現在人類怪物整天只想坐在前面的房間的大軟物上，看著很吵的平盒子。

以前，很吵的平盒子為人類怪物帶來許多歡笑，可是現在人類怪物非常悲傷。起初，我以為人類怪物還在介意生物在另外的房間的大軟物上排泄的事，不過持續思考之後，我覺得這不符合現實狀況。另外的房間的大軟物上的排泄物老早就清掉了，而且人類怪物仍然睡在另外的房間的大軟物上，所以這不可能是問題的癥結。有時候人類怪物甚至准許我跟人類怪物一起睡在另外的房間的大軟物上，這在以前是絕無僅有的事。很顯然人類怪物已經不再因為大軟物被弄髒而生氣了。那麼人類怪物持續心情低落的原因是什麼呢？這是個謎。

人類怪物有女性人類怪物朋友，她有時候會到房子來，帶食物給人類怪物，帶我去健身散步。女性人類怪物很友善，有很多好聞的氣味，可是跟人類怪物還是不一樣。

有時候人類怪物和女性人類怪物會坐在一起很久，發出很多輕微的聲音。女性人類怪物會發出像是這樣的聲音：「泥應該搬哥拍堆，泥的生日拍堆。」

人類怪物搖頭，發出像是這樣的聲音：「窩沒悠心輕。」

女性人類怪物抓一抓人類怪物的背，發出像是這樣的聲音：「泥灰悠的，窩包徵。」

有一天晚上，聚集了一大堆人類怪物。一開始很有趣，每個人都想摸我。我跳起來撲向一個個人類怪物，他們笑著跟我跳舞。很多美味的食物掉在地上，我能夠把它們吃掉。

可是愈來愈多的人類怪物開始聚集，沒多久，噪音變得難以忍受。我沒有空間自由活動——到處都是陌生人類怪物的腿。我不認識的人類怪物把我抱起來拉拉扯扯。我發出聲音，表示：放我下來，可是陌生人類怪物聽不懂。我又踢又抓，陌生人類怪物鬆手放掉我。

魯法斯。

我尋找主要的人類怪物，我的人類怪物，可是找不到。我心想：噢，他永遠消失了，我變得非常傷心和害怕。我尋找人類怪物的同伴女性人類怪物，可是找不到。我甚至尋找瘦瘦高高的人類怪物，可是找不到。從現在開始這就是我的生活了嗎？直到永遠？在擁擠的房子裡，被我不認識的陌生人類怪物包圍？我頗為確信從現在開始這就是我的生活了，直到永遠。

好，正在我這麼想的同時，糟上加糟的事發生了。我在房子裡排泄了。這是非常不可能發生的事，因為我不會在房子裡排泄——大家都知道我是這樣的——可是這麼多人類怪物讓我不知所措。事情發生時，我真的沒有感覺。我低頭看到排泄物，心想：是誰在房子裡製造了這個排泄物？然後我知道了：是我在房子裡製造了排泄物。

人類怪物的其中一個人類怪物朋友看到我，叫出許多聲音。人類怪物跑過來：「歐不不不不不不不威蛇摸——!!」我發現原來人類怪物並沒有永遠消失，鬆了一大口氣，不過同時我也非常羞愧。

人類怪物揪住約束物把我拉到門邊。人類怪物打開門，帶我出去，好像我或許想要再排泄。我並不想。我已經排泄過了。這很明顯吧。人類怪物回到裡頭，關上門。我抓門，讓人類怪物記起我不能開門，因此人類怪物才會回來幫我開門，但門並沒有開。

我抬頭看著天空。

我聽到遠處生物的嗥叫聲。

我想到在房子裡排泄後便沒有再回到房子的小白毛生物。我想到小白毛生物排泄後，瘦高個兒就沒有再回到房子裡了。我納悶他們去哪了。我現在也必須去一樣的地方嗎？我知道如果是的話，也很合理。是我活該。人類怪物本來就已經很沮喪了。人類怪物不需要最好的同伴也在房子裡排泄。這是在最糟糕的時機背叛他。現在我真切地體會到什麼是成為「懷勾」的理由了。

我想著棕色大生物，牠沒有人類怪物同伴也沒有房子。先前我隔著很遠的距離看時，我曾好奇身為沒有約束物的棕色大生物是什麼感覺。現在我為我的好奇感到內疚。現在我知道答案了。感覺並不好。這種感覺並不開心。

人類怪物打開門，我大大鬆了口氣。他坐在我旁邊的台階上。他發出像是「哎呷呷……」的聲音。我對於在房子裡排泄感到很慚愧——我知道我這麼做的時候並不是一個好同伴——可是我也不想成為一個不被允許回到房子裡的生物。我看著他作了個表情，意思是：請不要把我逐出房子。我從現在開始可以當個很好的同伴。我從現在開始會一直對你很好。我知道人類怪物在解讀意義方面不是一向都很聰明，不過運氣好的話這次他會開竅的。

人類怪物抓抓我的背，發出像是「魯法斯、魯法斯、魯法斯」的聲音。我知道「魯法斯」這個聲音有很多種意義。有時候「魯法斯」指的是「見到你我很開心」，有時候指的是「我不開心」，這次我判斷它指的同時是這兩件事。不知怎麼的，人類怪物這次發出像是「魯法斯、魯法斯、魯法斯」的聲音時，感覺就像其他所有魯法斯的綜合體。它涵括了所有意義。它指的是「唔，就這樣了」，它指的是「沒錯」，它指的是「為什麼？」還有「我們現在該怎麼辦？」，它指的是「豪勾」，它指的是「懷勾」，它指的是「我來幫你抓抓背」。

人類怪物發出像是「魯法斯、魯法斯、魯法斯」的聲音，然後他抓抓我的背，我愛他。我全心全意愛他。我把他當作我自己的一部分來愛。

禁忌詞的規則

抽一張卡片。最上面的詞是你要你的隊友講出來的詞，其他那些詞是「禁忌詞」，你在試著讓隊友猜到你的詞時，不能講到這些詞。你必須在「不」用到禁忌詞的前提下，幫助隊友猜到你的詞。

例如：

如果妳的詞是「高」，妳「不能」說「矮、大、高度、尺寸、談闊論」，但妳「可以」說：「這個是星巴克最小杯的飲料。」或是：「你媽穿上跟鞋以後。」或是：「昨天晚上在克瑞絲汀的派對上，你跟那個長得漂亮的法律系學生聊天聊了超過一小時，她穿著一件小禮服，這個得嚇人，當我跟你說我想回家時，你說：『再給我二十分鐘。』我說：『我真的想走了。』你說：『妳可以有點耐性嗎？』我覺得那真的是很這個的要求，真的是很這個的要求，史提夫。」

如果你的詞是「床」，你「不能」說「毛毯、枕頭、睡覺、房間、頭」，但你「可以」說：「我們的這個有藍色的被單。」或是：「星期天的時候，我們會把這個剝光，然後把藍色被單拿去洗，用蜜桃色的被單來替換。」你也可以說：「姬莉安，有時候如果我們上這個之前我想太多的話，我會夢到在暴風雪中艱難地拖動一輛車子。姬莉安，妳覺得這代表什麼？我猜這可能代表我們上這個之前我不該想太多我們的事，可是我們共享一張這個的時候很難辦到，因為妳就在我面前的這個上，可是妳卻像是離我很遠。」

如果妳的詞是「早餐」，妳「不能」說「餐點、上午、煎餅、俱樂部、第凡內」，但妳「可以」說：「我們就是在三十四街的天窗餐廳吃這個時，決定要展開同居生活的。當時我們搭了破曉時分的火車，從你父母位於朗康科馬的家抵達賓州車站。你吃的是歐姆蛋，史提夫，我吃的是水果沙拉。你說：『我們付兩間公寓的租金實在太蠢了。』而我微笑臉紅。對我們來說，未來像是一張充滿無限可能的網，像是長島鐵路四通八達的鐵道。」

如果你的詞是「**公園**」，你可以說：「姬莉安，我是在格林堡這個裡面第一次醒悟到我愛妳。當時是八月，我們帶了一份星期天的報紙到這個裡去朗讀，妳在一棵紅橡樹底下打盹，當樹影移動，陽光直射妳的臉，妳躲了一下然後露出微笑。於是我醒悟到：這就是我要的。就像這樣。永遠。而我想到，當下就在那座這個裡，我徹底為妳淪陷。我無可救藥地為這個女人神魂顛倒，這個女人在兩個月前的一場派對上，醉醺醺地溜到我的身旁，彷彿她認識我似的，然後在我耳邊口齒不清地說：『你值得有一個人愛上遍體鱗傷的你。』」

如果妳的詞是「**改變**」，妳可以說：「這個是我循序漸進、難以覺察地在做的事。我無法詳細說明是怎麼回事，但我已不是你在那個八月的星期天在格林堡公園愛上的人了。女人因為認為男人會這個，結果卻沒有而跟男人分手，以及男人因為認為女人不會這個，結果卻發生了而跟女人分手，是很老套的情節，可是男人和女人待在一起的原因，也有老套的解釋嗎？」妳當然是可以這麼說，不過妳怎麼會想這麼說呢？妳覺得跳過會更好。妳可以說：「跳過。」而妳的隊友可以呻吟一聲，而妳可以說：「抱歉，史提夫，我不想玩這一題。」妳還可以說：「再說了，這個遊戲很蠢，我討厭這個愚蠢的遊戲。下次我們玩疊疊樂吧。」

如果你的詞是「明天」，你「不能」說「天、今天、昨天、之後、未來」——有一大堆東西你都不能說——但你「可以」說：「這個把我嚇壞了，我不知道為什麼。也許我只是很軟弱。也許我們兩個都軟弱到不行。」

如果妳的詞是「眼睛」，妳「不能」說「臉、鼻子、眼鏡、看、靈魂」，但妳「可以」說：「昨天晚上我望進你的這個，結果撞上一堵牆。我無法越過虹膜看出任何東西，而我醒悟到長久以來我認知中那股無法遏抑的深切渴望，其實是我自己的。我真是愚蠢。我們大家真是愚蠢。」

你可以跳過，然後你的隊友可以跳過，然後你可以感謝賓客出席，感謝他們帶來的起司蛋糕，當你收拾客廳的酒杯時，你可以用心不在焉的口氣說「今天挺好玩的」，清楚表明你不是真心的，但你也不算是在說反話。在你爬上鋪著藍色被單的床鋪前，你可以把遊戲收好，放回客廳櫥櫃裡的架子上，直到下一場派對你把它拖出來之前都不必再見到它，甚至不必想到它。

明日之星

「妳有沒有想過，也許是妳想太多了？」莉茲問。

我們一起吃早餐，我們經常這樣，在漫長夜晚後的早上，我們經常這樣。她頂著黑眼圈，她經常這樣，我們兩人都帶著宿醉，我們幾乎總是這樣。我們現在在聊一個約我出去的男生，並衡量我跟他出去的利弊得失。

「我確實覺得我想太多了。」我說，「我一直都這麼覺得。可是我又想了：萬一我沒有想太多呢？萬一我只是想得很正常，可是我以為我想太多，因為我潛意識裡希望讓自己輕鬆一點？」

莉茲把伏特加倒進咖啡攪拌。「妳可能想太多了。」

我聳肩表示「嗯，也是……」然後說：「嗯，也是……」

「豬排，妳知道我怎麼想嗎？」莉茲最近開始叫我「豬排」，這綽號源自一個圈內笑話，但我現在不好意思承認我已經不記得是什麼笑話了。「我覺得妳害怕踏出那一步，因為妳害怕受傷，因為妳是──我相信這是臨床診斷用語──一個他媽的膽小鬼。」

「好吧，嗯，首先，我不是膽小鬼。我這個星期才拯救世界免遭地下生物恐怖分子的毒手。」

莉茲皺起臉來，擺出她的招牌「誰在乎」臭臉。「是啊，但那對妳來說不過就是個星期二罷了。妳有超強力量和光子爆破。我的意思是，妳別誤會，妳做那件事確實很棒，但妳有多久沒做過真正讓妳害怕的事了？」

＊

這是個超級英雄的故事，算是啦。我是說，我猜大家想聽的是這類故事──瘋狂的力量、稀奇古怪的惡棍、我們大家齊心合力擊敗邪惡什麼的──不過其實這是個搖滾樂團的故事。在一切急轉直下之前，克雷常說他從來不想當超級英雄；他只想當搖滾樂手。唔，我猜我也是這樣吧，只是我連搖滾樂手都不想當。我只想喝個爛醉。

我二十三歲，住在教會區，靠著在一家主打橄欖料理的餐廳當服務生勉強賺取生活費，擁有兩件我穿起來不是完全不能看的夏季洋裝，一切都還過得去，令人沮喪地過得去，讓我想自殺的那種過得去。不知怎麼的，我開始習慣替這個名叫「明日之星」的另類民謠／失真龐克／鞋核五人樂團彈鋼琴，而我猜我們開始漸入佳境了，至少我們在Instagram上得到很多愛心，也有人關注我們，在獨立音樂部落格和《舊金山週報》之類的地方寫我們的好話，我們在討論要去巡迴演出的事。

克雷（鼓手兼牛鈴手）在波特蘭有幾個朋友，他覺得他們可以在那裡幫我們安排一場公演，然後我們可以搞個西北太平洋巡迴之旅。我從來沒去過波特蘭，我在「橄欖你我的心」餐廳累積了一些休假，而且我跟我在約會的一個女生算是沒戲唱了（她的事不提也罷），所以我舉雙手贊成這個主意，雖然我私底下常懷疑「明日之星」其實沒那麼優秀，應該說，你知道，根本談不上優秀。

「我真的受夠巡迴演出這檔事了。」喬葳兒（主唱，意見很多）說。「我跟上一個樂團做過這件事。你要花很多油錢，你要在很多沒人的酒吧演出，然後你回家，沒人記得你。我們應該打鐵趁熱，專心在灣區建立歌迷的基礎。再說，」她補充，「奧勒岡州爛死了。」

所以我們沒有去波特蘭。

於是我們留在舊金山，在磚塊與灰泥音樂廳為「幹屎尿空手道」樂團暖場，又一次；我試著想清楚我的人生真正想做的事是什麼，因為我相當確定不是這個。基於某種原因，我覺得我真的很特別，我是到人間來做真正偉大和重要的事的，可是我活得愈久愈覺得：沒有喔，我只是跟大家一樣的普通人。

就在這時候，馬特．王跟我們提到，他聽說在太浩湖附近有「樂團大戰」的事。馬特是莉茲念大學時認識的人；他自稱為我們的「經理」，不過這主要代表他會打領帶來看我們表演，並且買飲料給大家喝。

這時候我們算是有一批固定的觀眾了——包括莉茲的女朋友凱絲琳；愛瑞絲的怪叔叔，他總是戴著船長帽，要我們叫他「水手」（歡迎來到舊金山）；還有差不多半打的男生，他們都自認為是喬葳兒的男朋友——可是有時候我們演出時，現場就只有馬特一個人，他孤零零地坐在靠後方的雅座裡，在我們演唱〈失之不止毫釐〉時露出愚蠢的笑容，好像他從來沒聽過似的。這傢伙最讓人驚訝的點在於他好紳士，譬如說他總是會第一個問你冷不冷、要不要穿他的外套，還有他可以幫你買飲料。

「你們真的應該參加『樂團大戰』，」馬特說，「我覺得我們必須開始把目光放遠一點，不要只滿足於灣區。」

「噢，是嗎？」喬葳兒說。你大概可以想像，她對整件事都意興闌珊，但愛瑞絲（主奏吉他手，理性的聲音）家在湖邊有一棟小木屋，離廢棄的政府實驗機構約三公里遠，我們可以借住，感覺這是個離開城市玩一玩的好藉口。

我們擠進克雷的廂型車（除了馬特以外，他確保我們知道——他想要來，但有個他推不掉的工作，我們對此完全不介意，因為馬特不是樂團的一分子——喬葳兒總是確保他知道這一點）。我們頗晚才抵達小木屋，立刻就在屋外的火堆旁開始喝酒。

兩瓶啤酒下肚後，我注意到莉茲晃到屋子裡。我在廚房找到她，她靠在流理檯上，剝著啤酒瓶上的標籤。

「妳怎麼了？每次妳一喝酒，就會變得怪怪的、悶悶的。」我說。「不要變得怪怪的悶悶的，莉茲。」

她搖搖頭，試著避開我的目光。她皺起臉揮揮手打發我，徒勞無功地向好朋友作出「我不想讓妳為我的事心煩」的手勢，可是妳很清楚妳的朋友最想要的，莫過於為妳的事心煩。

「莉茲，到底出了什麼事？」

「凱絲琳和我分手了。」

「天啊，妳還好嗎？」

「我沒事。」她很有事地說。她從冰箱拿出另一瓶啤酒。

「怎麼回事？」

「我不知道。我一直在想：不應該這麼難的，妳知道嗎？可是我總是把事情變得很難。不過話又說回來，也許都怪她，因為是她違反了搖滾樂的首要法則。」

「什麼法則？」

我看著她笨手笨腳地撥弄紗門的扣環，她推開門走到外頭的夜色中時，回頭對我喊道：「千萬不要愛上貝斯手！」

我跟著她回到火邊。喬葳兒揚起一邊眉毛。「妳們兩個剛才去哪了？」

「對啊。」克雷說。他把愛瑞絲的木吉他拿在手上，邊撥弦邊算是自己唱起歌來。「妳——們兩——個剛才去——哪了？」

「我們只是在聊天。」我說。

「唔，很高興妳們回來了，」愛瑞絲說，「因為我有東西要給你們大家。」她抓起她的背包，拿出她為我們做的麻繩項鍊，每條項鍊上都有一粒藍色珠子，那是她從住在她公寓樓下的詭異神祕主義者那裡弄來的，那個人總是用奇怪的焚香和做成標本的路殺動物把屋子裡搞得臭氣薰天（歡迎來到舊金山）。

唔，我們都戴上項鍊，不過這促使我們再一次重新討論起「我們究竟是什麼樣的樂團」

這個話題。到了這時候，我們真的愈來愈擅長開啟「我們究竟是什麼樣的樂團」這個話題了，而且大概其它任何話題都可以重新導向這個話題。

「所以我們現在就是這樣了？戴一樣的項鍊的樂團？」

「拜託，喬葳兒。」

「怎麼，都沒人覺得這樣超土的嗎？」

仍然在隨意撥弄吉他的克雷唱道：「噢，我、我、我、我、我根本不懂我們為什麼在討論項鍊，同時我們還在表演三年前寫的歌。」

「樂團會表演舊歌，克雷。樂團就是會、會這樣。」

「好吧，但每個人都聽到愛瑞絲剛才說『會會』了，對吧？」

「是啊，但我不想要只是一個樂團，你知道嗎？我是說，你們難道從來沒有夢想過更——」

突然間一道閃電從清澈漆黑的天空射下來，擊中莉茲的項鍊、跳射到我們的五粒珠子上，把我們撞向身後的樹林，讓我們像紙頁上的橡皮擦屑一樣散落在枯葉間。

「大家都沒事吧？」我叫道。

「感覺沒事。」愛瑞絲說，一站起來就腳步一軟。她伸手扶住一塊岩石，結果整片地面像是搖晃起來，然後大約三公尺外的一棵小樹倒了下來。

「重點放在『感覺』二字上。」喬葳兒說。她浮在離地一公尺高的空中，眼睛看起來像著了火。

所以，我不知道是因為閃電，還是那個神祕主義者的珠子，或是我們很靠近廢棄的舊政府實驗機構，或是我們都喝醉了，或者這種事有時候就是會發生，但那天晚上我們都獲得了超能力。再次重申，我真的不想喋喋不休地談論超能力這部分——我超討厭人家覺得我這個人最有趣的事就是可以從拳頭射出光子爆破，而不是……我不知道耶，我亮眼的人格特質之類的——但是關於超能力有兩個基本原則：一、我們必須戴著藍珠子項鍊，才能施展超能力。二、我們必須喝醉。而且我們喝得愈醉，能力就愈強大。

＊

我們回到城裡的時候，大家談到也許可以組個超級英雄團隊之類的，不過老實說，那感覺要瞎忙一大堆事。

「我只是覺得，就眼前來說，『運用我們的能力做好事』這一套有點陳腔濫調。」喬葳兒（主唱，火焰雷射眼，飛行）說。「我是說，我們要怎麼做？在街上晃來晃去，等著看到有人被搶劫？這感覺不是利用時間的最佳方式。」

可是這時候愛瑞絲（主奏吉他手，動態振動，瞬間移動）發表了一番真的很振奮人心的言論，講到類似責任啦、身為宇宙公民的意義啦、社會契約啦什麼的。真希望我能記得更清楚，因為被我轉述後聽起來超級虛偽的，不過那真的是很棒的一番演說，非常激勵人心，它讓人感覺所有事會發生都是有原因的，像是你的人生故事這面掛毯裡有一條高尚偉大的絲線穿過，而你光是存在於這個世界上，就屬於某種美好事物的一部分。但我不知道耶，也許你必須親耳聽現場才能體會。

＊

所以後來我們當了一陣子超級英雄，而這回事可真不簡單。

超級英雄的事我並不記得全部，因為那部分真的落落長，而且在大部分重要關頭我都醉得歪七扭八，不過那些夜晚的記憶會像火花和閃光一樣出現在我腦海。那是在街上摔碎酒瓶的夜晚，從十五公尺高處跌下來摔破鼻子的那種三天連假週末。在那些晚上我們踉蹌、跌倒、歡笑、叫嚷、揮拳、爬行、尖叫、哭泣、跳躍、飛翔、生活、喝酒、唱歌、喝酒——我們跟天使摔角，貨真價實的的墮落天使喔，吸安非他命吸到亂七八糟；我們跟和泛美金字塔一樣高的海怪打鬥，然後徹夜不睡、打屁聊天，聊些完全沒有意義的內容，然後跟追星族上床，然後阻止銀行搶匪，然後接受訪問，記者會問這種問題：「你們真的刀槍不入嗎？」而喬葳兒會湊得離錄音機超級近，眼睛直視著記者，說：「我不能代替其他人發言，不過我個人已經被『入』了幾百次。」

我們被記者圍攻，麥克風塞到我們面前，閃光燈炸個沒完，在要去拯救世界時被當街攔住。「你們如何保持謙卑？」我們抹掉嘴巴上的威士忌，跌跌撞撞地跳飛上天，去進行下一場管他是什麼的冒險，並且回頭大喊：「我們不幹這檔事。」

喬葳兒的後宮像是在一夜之間由半打暴增為兩百人。在酒吧和餐廳裡，會有大批漂亮女孩擠到克雷面前，說：「嘿，你不是『明日之星』的成員嗎？」而克雷（鼓手，牛鈴手，對物體的動能和實體密度進行分子吸收）會歪嘴一笑，說些超級沒水準的話，像是：「唔，我現在就很行喔，不用等到明日。」

但莉茲是最糟的。她會直接走向那些女人，不管她們是一個人或和朋友坐在一起，或是和她們的女朋友、甚至是男朋友、老公同行，都沒差。她會走過去說：「嘿，妳跟這個人在一起幹嘛？我跟妳說啦：我的床上功夫一級棒，我是電貝斯手，而且我有創造致命六角形的恐怖能力。妳想跟我離開這裡嗎？」

與此同時，我們總是有個反派要對抗，有場官司要解決，有份授權合約要協商。馬特・

王把工作辭了，開始專職擔任我們的業務經理。我不知道要是沒有馬特我們該怎麼辦，真的不知道。譬如說，超級英雄到底要怎麼隱藏行跡？尤其是隨時都爛醉如泥、老是把大樓撞倒的超級英雄。馬特幫我們在市中心租了一間房子，讓我們用來當行動基地，愛瑞絲在空閒時間把它改裝成一個跨次元螺旋球體。

所以，你知道吧，當你最喜歡的樂團跟一家主流唱片公司簽約，你很興奮且為他們開心，可是後來他們的新專輯出來了，聽起來過度加工且超級大眾化，然後你就有點忘了當初為什麼覺得他們很特別？嗯，我很不想這樣講，因為這種事情實在太老套了，但我們有了跨次元螺旋球體之後，算是發生了類似的狀況。

突然間，我們就跑到遙遠的月球和虛擬世界，在次元內的次元裡跟一些頭是蠕蟲、腿是手臂的超級壞蛋打鬥，但即使我們身處於各種瘋狂的事物之間，我們還是努力維持腳踏實地的態度（或者即使不是實地好了，至少也是莉茲其中一塊恐怖的六角形），記住自己是誰。

有一次，克雷醉到幾乎站不直身體，被「毀滅者多札克」打到只剩一口氣，他一邊把一整壺的覆盆子莫西多調酒吐在十二號地球崎嶇不平的平原上，一邊從一個外星勇士王已經變成化石的古老心臟吸收動能，這時他轉頭看我，露出愚蠢笑容，問道：「嘿，妳覺得我們幾個誰會先結婚？」

結果是喬葳兒，她的婚禮公告讓兩千人心碎：「我的火雷射眼裡只有你。」她的婚禮也辦得滿甜蜜的，除了不管莉茲和我要求多少遍，ＤＪ就是不肯放〈棉眼喬〉這部分之外，還有就是影人在切蛋糕切到一半時攻擊我們，要我說，這真的是很賤的一招。嗯，我們都很快就醉了，再一次擊敗影人和他的旅鼠軍團，不過婚禮差不多算是毀了，而喬葳兒的老公山姆真的很沮喪。

「我只想要有一天不是以妳和妳的超級英雄朋友為主角——只要有一天是以我們為主角。」

＊

我對那段日子最主要的印象是那些談話。跟愛瑞絲長篇大論地談真理和正義和社會，跟喬葳兒聊些哪個超級反派其實有點帥、哪個是徹底的渣男這類婊子話題，還有跟莉茲懶洋洋地漫談，窩在小餐館和酒吧直到早上三點、四點、五點、六點、七點、八點、九點，浮泛地混合私房笑話、對前任們苦甜參半的空想、哲學困境，外加碎碎唸在這家店要怎樣才能獲得一點該死的服務。

馬特．王約我出去時，我第一個就跟莉茲透露消息。

「馬特那個馬特？我那個馬特？」莉茲笑到噴出滿嘴玉米穀片。「妳怎麼回他？」

我聳聳肩。「我說我考慮考慮。」

莉茲若有所思地點點頭。「妳應該跟他出去，豬排。妳的人生需要一股安定的力量。」

「噢，我需要安定的力量是嗎？我們要不要來檢討妳的戀愛史？」

「這好像不相干吧。」

「妳在妳帶回家的那一大串花瓶身上獲得深層的情感滿足了嗎？」

「她們不是花瓶。」

「抱歉喔，那一大串閃閃發亮、辯才無礙、智慧與品味的典範……」

莉茲扠起手臂。「最沒有魅力的女人，莫過於仇女的女人了。」

我翻了個白眼，並做出世界通用的打手槍手勢。「妳覺得我沒有魅力真是讓我大受打擊，真的。害我晚上都要失眠了。」

莉茲微笑。「不過說真的，妳應該跟馬特出去約會，妳喜歡馬特。」

「妳才不知道我喜歡誰。」

「我對妳瞭若指掌。再說，妳有多久沒跟男人約會了？如果妳不在接下來——」她看著手錶，「——一週半之內跟老二扯上某種關係，我覺得妳的雙性戀證書就要被沒收了。」

我笑出來。「是這樣規定的嗎？因為這超級符合順性別[2]思維的。」

「不要岔開話題。」

「什麼話題?!」

她湊過來。「我覺得妳可能是個發展成熟的拉子，豬排。」

「那妳是什麼，迎新委員會代表嗎？」

「妳在開玩笑嗎？我已經得跟愛瑞絲競爭了。我現在是想把妳趕出這個市場。」

「噢，這下我明白這是怎麼回事了。」

「我百分之百是為了一己私利，我說得還不夠清楚嗎？」

「好吧，可是萬一馬特和我出去之後感覺怪怪的，然後他還是我們的經理，所以我得常常見到他呢？或者萬一沒有感覺怪怪的——萬一感覺很棒——但後來感覺就怪了呢？」

莉茲從我的皮包裡拿出隨身酒瓶，往她的咖啡裡倒了些伏特加。「妳有沒有想過，也許是妳想太多了？」

＊

所以，我跟馬特出去約會了。他帶我去馬林縣一間超級騷包的餐廳。我跟他說我在試著自學吉他，他問我他能不能回我公寓聽我彈些曲子，我覺得他還滿大膽的。我在約會前刻意沒有打掃公寓，打的算盤是如果我的公寓很亂，我就不會帶馬特回家，類似進階版的「不刮腿毛」策略，不過結果我還是把他帶回家了，所以，可見得我完全沒有自知之明。

我寫了一首沒有專指特定對象的愚蠢情歌，不過我感覺它還沒有真的準備好演唱給任何人聽，再說，感覺如果我為馬特演唱這首歌，我就真的在傳達某種訊息，而我不認為我想這麼做。於是我改為演唱一首「佛利伍麥克」樂團的歌。我覺得我表演得很差勁——我一定漏彈了大概半打的和弦，不過馬特似乎沒有注意到，或是他假裝沒有注意到，我覺得不管是哪一種情況都滿惱人的，因為如果他真的聽不出來，我們真的要讓這傢伙當我們的經理嗎？如果他只是為了討好我而假裝我彈得不錯，還滿自以為是的。不過無論如何，後來馬特和我就上床了。

隔天早上，莉茲立刻就把我堵在螺旋球體的小廚房裡。

「這一炮的滋味如何？」她問。

我被優格噎到。「是馬特跟妳說我們上床了？」

2　順性別的意思是自我性別認同與出生時的生理性別一致，相對詞是跨性別。

「不，是妳說的。」

我翻了個白眼。「要是妳審問邪惡黨羽的功力有妳審問我的一半強……」

莉茲對我微笑。「恭喜，豬排。妳的排已經徹底地豬了。我以妳為榮。」

我盡力模仿莉茲的「誰在乎」招牌臭臉。「那妳呢？妳要去找個對象嗎？」

「我一直都在找對象啊。」

「是啊，但那只是因為她們每一個人妳都不在乎。我倒想看看妳在妳真心喜歡的女生面前是什麼樣子。我敢說妳會變成全世界最大的呆瓜。」

她什麼也沒說。她只是看著我，小口啜著她的咖啡。

＊

好，然後我過了一年二十四歲的人生，那段日子發生很多事。

邁入二十四歲後有一小段時間很好玩，就是所有事情都有一小段時間很好玩的那種好玩法，不過在某個時間點，我開始醒悟到，我們愈來愈少玩音樂了，愈來愈常不省人事，而且感覺我們這種日子過得愈久，我們就要攝取愈多酒精才能激發超能力。另外，每次我們擊敗這個被罷黜的外星總督或是那個心懷不滿的變種海豚之後，總還會有別的東西伺機撂倒我們，於是我開始覺得：我們一開始蹚進這混水真的就是為了過這種日子嗎？

有一次，克雷問我有沒有想過退出。「我是說，我們現在二字頭的年紀已經過了一半，妳不覺得我們感覺已經老到不該到處鬼混、每天喝個爛醉、跟精神異常的蜥蜴怪物打架嗎？我是說，難道我們到四十歲還要做這些事嗎？」

我得承認他說得有理，不過憑良心講，我沒有任何其他的專長。

「再說，」他輕快地說，「揍人揍到一定的次數，你的腦袋會開始有點混亂。」他自顧自地乾笑起來——彆扭而悲傷的笑法。

「克雷，」我說，「我們揍的那些人——都是壞人。」

他說：「我知道……」他有點忸怩地把玩起項鍊上的珠子。

可是每當我跟馬特（我猜他現在是我的男朋友了）提起減少超級英雄那方面的業務時，他會變得非常熱切，說這是我的天命什麼的，說有機會做這些事的人少之又少，說我如果放棄這一切簡直是瘋了。「再說，」他會說，「如果你們幾個突然不當超級英雄了，我該何去何從？」

我不知道我是否曾被他說服，至少沒有百分之百被說服，不過我知道他是真的在乎，而我想我大概是覺得，有時候跟人交往就代表要做些自己不完全認同的事來讓對方開心吧。

「而且，」他會說，「我也需要你們在這些表格上簽名。這是標準授權合約。」

我愛馬特，愛得就像你的人生走到一個階段，你作好準備要去愛某個東西，而剛好就有個東西讓你愛的那種愛法。我自己寫的那首愚蠢的小情歌，我自己練習用吉他演奏的那首歌，我還是沒有表演給任何人聽。有時候我會趁馬特淋浴的時候練習，他出來之後會說：「妳剛才在唱什麼？」而我會說：「沒什麼。」有個只屬於我一個人的東西，感覺很好。

我喜歡身為樂團的一分子，我也確實認為我們在做的事很重要，但愈來愈常有人在計算飲酒量時馬馬虎虎，結果喝得不夠醉。譬如說我們跟大空人正打得激烈，克雷會直接拿出手機看簡訊，我是說，嘿，可以專心一點嗎？

有些晚上，喬葳兒不回家，而是喝酒喝到直接睡倒在螺旋球體的沙發上，隔天早上我們其中一人問她跟山姆沒有鬧彆扭吧，她會說：「我沒事，只是——反正我本來就在這裡待很長時間，而且山姆和我住在老遠的柏克萊，要過橋麻煩死了。」這話算是說得通，不過話說回來，喬葳兒會飛，所以我不懂她為什麼要顧慮尖峰時段的交通問題。

還有一次，莉茲和我擠在網路公司大樓的通風管裡，試著想出該怎麼打倒瘋狂女神薩絲皮拉，她剛把所有的原初宇宙水晶組裝成一根所向披靡的能量權杖，結果莉茲突然變得悶悶不樂、反社會化，低頭看著腳嘟噥道：「有什麼意義？我是說，有任何事有意義嗎？」

我說：「莉茲，現在不是搞這個的時候。妳喝的是紅酒嗎？妳不能喝紅酒；妳會變得心情低落又昏昏欲睡。」

「我見到凱絲琳了，」她口齒不清地說，「我有告訴妳嗎？我見到凱絲琳了？」

我搖頭。

「我一直試著聯絡她，有一陣子，她就只是不理我。可是上星期我從那列有生命的灣區捷運手中救了那個小女孩之後，凱絲琳就終於答應跟我見面了。」

「莉茲，這是大事耶。」我從通風管的百葉板間隙可以看見薩絲皮拉正在把她的能量權杖插進網路公司的時間振動雷射裡。

「所以我昨天晚上就跟她見面了。我告訴她，嗯，『凱絲琳，我還愛著妳。』我本來沒打算這麼說的，這不是我的計畫，但它就這麼……」

她變得很激動，我示意要她小聲一點。

她沒有小聲一點。「我說：『我知道我沒有隨時陪在妳身旁，可是那時候狀況很誇張，我做了一大堆事，』妳知道，『我已經不是那個女孩了。』但她的態度是：『妳就是那個女孩，重點就在這裡了。那就是妳，莉茲。』」

時間振動雷射啟動了，整棟大樓開始搖晃。

我說：「嘿，我們可以晚點再聊這個嗎？我真的對這故事很感興趣，很想聽後續發展，不過，妳知道，雷射什麼的……」

「妳想知道最糟的部分是什麼嗎？」

薩絲皮拉能量權杖上的水晶開始一個接一個地點亮，莉茲湊向我，吐著梅洛紅酒的氣味悄聲說：「最糟的部分是她說對了。」

「老天，莉茲。我知道妳很難過，但我現在沒辦法他媽的當妳保姆。還有更重要的事要處理。如果我們不把時間振動雷射關掉，它可能會摧毀地球。」

「呿，妳指的是凱絲琳住的地球？凱絲琳的寶貝地球？」

我翻了個白眼。「妳不適合臉紅脖子粗的模樣。」

她聳肩。「妳要我怎樣？我又不是英雄。我只是莉茲。」

「是啊，好吧。妳是莉茲。我覺得妳他媽的棒透了。至少我很崇拜莉茲，媽的，她最棒了。但如果妳不振作起來，幫我阻止瘋狂女神薩絲皮拉發射用水晶加持的雷射，那就表示凱絲琳對妳的評語是對的。」

「啥——？不。」

「妳不懂嗎？如果全人類都在一場妳無法阻止的殘暴時間大屠殺中被消滅——凱絲琳就

贏了！」

「這爛透了吧！」莉茲從通風管爆衝而出，迅雷不及掩耳地切斷了能量權杖的能量，然後用一些恐怖六角形把薩絲皮拉釘在牆上。

後來回到地面上後，愛瑞絲在跟記者解釋詳細的來龍去脈，莉茲稍微清醒了點，有點赧地對我聳聳肩，像是同時在說「謝了」和「對不起」和「再次感謝」，而我搖搖頭，表示：「沒什麼啦。」

馬特鑽過大批圍觀者，一把抓住我的手臂。「感謝老天妳沒事。」他抱住我，吻我，像電影裡的人一樣。當著攝影機和那麼多人的面和馬特接吻讓我有點彆扭，不過馬特說讓大家知道我們有私生活是有好處的。馬特說，這賦予我們人性。

＊

那一戰之後我們都滿亢奮的，不過當我們回到螺旋球體，喬葳兒的老公在那裡等我們。

「山姆！」喬葳兒喊他的方式，像是在喊一個有一陣子沒喊的名字。

山姆搖頭。「不，不要靠近我。這樣是不對的。妳跟妳的朋友一起喝醉，然後妳回家……」

喬葳兒看著我們幾個。「你們大家可以讓我們單獨談一下嗎？」

「誰都不准走，」山姆說，「我再也不要跟妳單獨相處。在妳做了那種事以後。」

「我做了那種事？山姆……」

「妳知道妳做了什麼，還是健忘是妳的另一項超能力？」

「我發誓我不知道你在說什麼。」

「妳要我說出來嗎？不要逼我說出來。」

「……我們可以談一談嗎？」

「妳要我在妳朋友面前說出妳做了什麼嗎？我大概應該說出來。我大概應該直接去找媒體，告訴全世界。這是妳要的嗎？妳真的要我說出妳做了什麼？」

喬葳兒用力吞口水。「不要。我——我知道。我知道我做了什麼。」

山姆的臉垮下來，好像聽到喬葳兒坦然承認這件事，突然間賦予它另一種真實意義。

接著喬葳兒開始說什麼，但山姆打斷她。「我要妳離我遠遠的。妳懂嗎？妳得離我愈遠愈好。不要打給我，不要打給我的朋友，妳懂嗎？這個？結束了。」

他摘下婚戒。他在發抖。

「山姆……」

「說妳懂了。」

「我……懂了。」

「那就沒什麼好說的了。」

他走了。大夥兒沉默良久，然後克雷說：「真──尷──尬──」而我們全都說：「閉嘴啦，克雷。」

我們看著喬葳兒踉踉蹌蹌地走向小廚房，從水槽底下抓出一瓶一點七五公升裝的琴酒，開始咕嘟咕嘟地猛灌。

「喬葳兒，妳確定這真的是個好主──」

「現在不要跟我來這套，愛瑞絲。我現在沒辦法再忍受妳他媽的長篇大論了。我只需要……我需要離開一下子，呼吸新鮮空氣。」她穿過我們走向窗戶。

「喬葳兒，我真的不認為妳現在應該落單。」

「不，我只是需要一點空氣而已。我需要一點空氣。」

我們都看著她跳出窗戶，一秒後又越過窗戶直衝上天。

愛瑞絲從沙發靠墊後頭抓起她自己的琴酒，但莉茲說：「讓她去吧。她只是需要發洩一下。我相信她不會有事的。」

我說：「對啊，她不會有事。」

唔，她死了。

關於究竟發生了什麼事，眾說紛紜。她活力充沛地跑遍了柏克萊的每一間酒吧，她死後突然冒出上千個醉漢，聲稱自己是最後看見喬葳兒還活著的人。有些人說她情緒低落，喋喋不休；其他人說她心情愉快、興高采烈，請全酒吧的人喝酒，把酒瓶拋到空中再用她的火雷射眼睛把瓶子射爆。不過我們確實知道她臨終前在做什麼；驗屍結果證實了一切：她直直飛上夜空，飛到盡可能高的地方，盡可能遠離一切，然後當空氣稀薄到她無法呼吸，她昏了過去，而地心引力拖著她一路翻滾回到地面。

＊

你可能會以為喬葳兒之死對我們其他人來說，會發揮某種當頭棒喝的開悟作用，但事實上她的喪禮時我們都在喝酒，偷偷在長椅後頭傳遞杜松子酒的樣品酒。

所以現在「恰當又負責的行為或什麼鬼的家長委員會」突然之間盯上我們了，因為我們對小孩子不是好的模範，因為我們隨時都在喝酒，但我要說，老兄，我們又沒有想當什麼好的模範，我們只是想保障街道安全。我爸媽也每個星期打電話來，說什麼：「妳跟新聞上說的一樣醉嗎？」而我總是得說服他們：「沒有啦，媽，妳也知道他們為了報新聞都亂編故事。」

與此同時，還有一堆占去所有好評的新超級英雄，像是A俠和銀子彈和古星球的布隊長——能比我們更瘋的年輕人——而我猜大家開始覺得「明日之星」有點過氣了。馬特和我在床上看某個愚蠢的深夜談話性節目時（節目上說「你不覺得他們該把團名改成『明日黃花』了嗎？」），馬特說：「我們需要改變一下風向，給記者一些他們可以聚焦的正面話題。」

「像是什麼？」

「如果我們結婚呢？」

我們在中國城上空一兩公里處跟市長的邪惡機器人軍團打鬥時，我若無其事般提到馬特向我求婚的事。大家都為我開心，除了莉茲之外。

「不行，妳不能嫁給馬特，那太瘋狂了。」

「又不是沒發生過更怪的事。」我邊說邊用神祕珠子賦予我的超級力量扯出飛在附近的一個惡棍的金屬心臟。「再說，當初是妳叫我跟他出去約會的耶。」

「是啊，但是妳不能嫁給他。我是說，馬特人很好，但他不是當老公的料。」

克雷說：「嘿，妳們覺得市長這次真的變邪惡了，還是這又是他的複製人？」

可是踩在恐怖六角形上的莉茲不可一世，才不會被轉移注意力。「妳不愛他，豬排。我跟妳說，這不是妳要的。」

「妳是怎樣？妳為什麼從來就不能為我開心？」我問道，同時一邊用腋下夾住一隻機器人的頭，一邊踹另一隻機器人的臉。「為什麼妳永遠都要知道……譬如說，我要怎麼過我的人生才會更好？」

愛瑞絲說：「喂，我們可以專心一點嗎？」

莉茲說：「豬排，我只是想要——」

「我不知道妳他媽的為什麼要一直叫我豬排，這又不是我的名字，而且也不可愛。」

莉茲暫時停止朝機器人發射恐怖六角形，只是看著我。「好吧，對不起。」但那不是「我很抱歉」的「對不起」，而是「我簡直不敢相信妳逼我道歉」的「對不起」。

「不，」我說，「該說對不起的人是**我**。很抱歉妳沒辦法搞清楚妳自己的人生，所以妳一直想來控制我的人生。」

「放什麼屁？我才沒有想控制什麼東西！我只是想當個好朋友，妳這愚蠢的混蛋，因為我他媽的把妳看得很重要，我希望妳快樂。」

我說：「唔，太好了，謝謝妳的友情，妳一直都是很棒的支柱。」

然後最後一隻機器人說：「**準備毀滅吧！**」說完愛瑞絲就瞬間移動到它體內，把它炸個粉碎。

我們降落到街上，朝鼓掌的觀光客和購物的中國人揮揮手，莉茲喃喃對我說：「妳知道嗎，其實妳嫁給馬特非常合理。妳當然會嫁給他，因為那是馬特要的，而妳這輩子絕對不會為自己作任何決定。」

「妳說得太過分了。」

「妳這一生要繼續渾渾噩噩地走阻力最小的路嗎？這是妳的計畫嗎？老天啊，妳變成一個他媽的徹底無趣的人了。」

我朝她射了一發光子爆破，打得她向後撞在賣魚的攤子上。

她爬起來，翻了個白眼。「噢，真是成熟。」

「妳才真是成熟。」我說。

「好吧！」她說，「好好享受妳他媽的婚姻生活，跟妳他媽的老公住在他媽的郊區有他媽的白色木頭籬笆的他媽的房子，媽的，媽的。」

她把雙臂往上一拋，開始走遠，我朝她大喊：「嘿！不好意思喔，因為我試著經營人生，而不只是拿這整個超級英雄的事當藉口，整天喝個爛醉然後勾搭粉絲，就是他媽最老套的那種貝斯手！」

她轉身朝我射出一枚恐怖六角形，然後我朝她射了一發光子爆破，我們就在中國城大街上互射光子爆破和恐怖六角形。接著我們扭打成一團，互掐脖子，把對方推向市德頓街，飛快地掠過商店和餐廳，亂七八糟地弄壞一堆廉價扇子、塑膠鞋和扯鈴。克雷和愛瑞絲不得不動手把我們兩人分開，我們氣炸了。

我們要去市政廳為英勇行為接受又一次授勛，在前往市政廳的禮車上，我壓低音量喃喃道：「聽著，別因為妳還愛著某個永遠不會回應妳感情的小妞，就把氣出在我身上。」

莉茲搖頭。「天啊，」她說，「妳真的一點都不了解我。」

＊

後來莉茲和我冷戰了很長一段時間。我們在出席媒體活動時，或是為了救總統千金之類的事而必須合作時，還是會相敬如賓，但我們不談心裡話。

所以這事鬧得挺大的。

＊

有一天我們大家都在螺旋球體的小廚房裡互相不說話，這時馬特真的是揪著克雷的耳朵把他拖進來。

「告訴她們，」馬特說，「告訴大家你做了什麼。」

克雷翻了個白眼。

「哎唷，」愛瑞絲說，「你這次又做了什麼？」

「聽著，有時候我會變得有暴力傾向，好嗎？我是說，首先，我可不可以先聲明，這不是正常的，我們所做的事——別人期望我們做的事——」

「你要告訴她們，還是我來說？」

「我正要講到了嘛，天啊。反正，從兩年前開始我就漸漸培養出一種心態，你知道，為我自己作準備，吸收各種動能，讓我能做每個人要我做的事……而我有了這股……暴力傾向。」

「網路上有影片，」馬特說，「拍到克雷吸收了一個蘭姆酒瓶，然後把他的玻璃拳頭砸碎在一個男人的頭上，因為那個男人在雜貨店結帳時插他的隊。」

「天啊，克雷！」

「怎樣啦？誰敢說他不是被鬼影腹語師操縱的傀儡？我是說，我們不知道，對吧？」

「你不能就這樣隨便——」我剛開始發難，馬特卻打斷我。

「那是百加得蘭姆酒的酒瓶。」

「然後呢……？」

「克雷吸收的是百加得的酒瓶，而我們跟摩根船長蘭姆酒簽了獨家代言合約；你們有人讀過你們簽的合約嗎？」

克雷揮揮手打發他。「這沒什麼大不了的啦。」

「這事可嚴重了。那是他們的頭號競爭對手，而影片已經流得到處都是。你到底在想什麼啊？」

莉茲豎起一根手指。「呃，除了我之外還有人關心克雷對雜貨店那男人做了什麼事，而不是我們跟摩根船長的合約會受到什麼影響嗎？」

「不光是摩根船長而已，」馬特氣急敗壞地說，「你們收了錢擔任品牌大使；那是我們收入的**來源**。如果品牌不能信任你們維持好的形象——我是說，這是你們存在的**理由**。」

通常對話進行到這個階段，愛瑞絲會說些真的很聰明的話，讓我們都醒悟到該做的事是什麼，但她卻晃到房間的一角，那是我們放樂器的地方，她拿起她的吉他，開始撥弦。

她彈的是〈失之不止毫釐〉。莉茲拿起她的電貝斯也開始彈。然後克雷走到他的鼓後頭，我坐在鋼琴前，於是像是隔了永遠那麼久之後，「明日之星」終於又一同演奏了。沒有喬葳兒唱歌而只是演奏曲調，感覺有一點詭異，尤其是當愛瑞絲和莉茲跳進來大聲配唱副歌部分時，就是「噢我願意」和「對是真的」，不過所有人暫時都閉上嘴，一起演奏歌曲，還是有股震撼人心的力量。

我們演奏完之後，都默默地站在原地，然後愛瑞絲很簡單明瞭地說：「嗯，我要走了。」

「什麼叫妳要走了？走去哪？」

愛瑞絲放下吉她，兩手扠腰，顯示她的身體在準備進行瞬間移動。「我們這個世界的邪惡太有系統，沒辦法只靠對付最明目張膽的惡行就撥亂反正。」她宣告。她喝醉以後總是喜歡用一些生難字詞。「我認為除了跟外星人進行肉搏戰，還有更有效的方式能運用我們的時間和資源。」

她的眼睛蒙上一層白霧。

「可是妳要去哪裡？」

「我也不知道……」然後在她憑空消失前，她像是臨時想到般補上一句：「也許我會去念研究所。」

克雷搖頭。「愛瑞絲當然會這樣放我們鴿子。這簡直是狗屁，這整個該死的東西都是他媽的堆積如山的狗屁。」他吸收了大理石檯面的密度，在牆上打出一個洞，然後走出去到健身房。

馬特立刻進入全面損害控制模式。「好，」他開始轉圈子，「開一場記者會。如果克雷不道歉，我們就得跟他畫清界線，保護組織。重點是——他的行為不代表，呃，『明日之星』的其他人，理想上……」

我摘下項鍊，也就是我的力量來源，把它放在檯子上。

「我想我就到此為止吧。」我說，「我想『明日之星』也就到此為止了。」

馬特搖頭。「親愛的，不。妳是超級英雄，那是妳的身分。」

「得不償失。」我說。

「那我該怎麼辦？」馬特從他的公事包取出一份合約，指著一串畫了底線的法律用語。「如果你們停止執行『始終如一的公開英雄之舉』，我們就違約了。這是妳要的嗎？妳要我們一結婚馬上就負債？妳和我，沒有工作，拚命掙扎想擺脫債務，就像地球上每個其他該死的笨蛋？那是妳要的生活？」

「不，」我說，「並不是。」

我取下我的訂婚戒指。我試著用手指把它捏碎，但我已經沒有那種力量了。所以我只是把它放在檯子上，放在項鍊旁邊，然後走開。

「等一下，」馬特說，「妳不能就這樣走掉。」

不過就事實看來，我可以做各種了不起的事。

莉茲跟著我走出大樓。

「嘿——」她說，我轉身。

「妳說對了。這是妳想聽的話嗎？我根本不該跟馬特訂婚的。妳說對了。妳一向都是對的。妳要我這麼說嗎？」

莉茲搖頭。「難道妳到現在還沒有發現，我從來就他媽不知道自己在說什麼嗎？」

我笑了。「妳知道嗎，這話妳可以早三年告訴我，為我們兩個節省一大堆時間。」

「妳還好嗎？」她問。

「應該吧。」我說，「我是說，困難的部分已經過去了，對吧？」

她說：「是啊，困難的部分已經過去了。」

＊

唔，接下來六個月困難得不得了，因為有各種訴訟和反訴和違約什麼的。我感覺在那六個月內，我花在接受證人取證上的時間，比不用取證的時間還多。

我失去了城裡的公寓，搬回去塔爾薩跟我父母住了一小段時間——時間剛好夠讓我重新站穩腳步。能暫時遠離紛擾感覺還不錯，跟家人相處一陣子，稍微戒戒酒。我在我爸的辦公室打工，又去兒童劇場當志工，替他們各種不同版本的《紅男綠女》和《失魂記》彈鋼琴伴奏。

正如莉茲會說的：「時間跌跌撞撞地前進，以它笨手笨腳的方式。」

有好些東西讓我想念城市。我想念布加路餐廳的煎餅，也想念去海角天涯公園健行。我想念用光子爆破把自己推送到城市高空去欣賞夕陽。有時候感覺如果我升得夠高，太陽就永遠不會落到地平線以下，但當然最後它總是落下去了。

不過我最主要還是想念莉茲，和我們在小餐館裡言不及義的愚蠢對話，還有當我在她身邊時，我不光是喜歡她——我也喜歡我自己。

其實兩週前莉茲來找過我。她要把她阿姨的車開到北卡羅萊納州，橫跨國土時在塔爾薩停留，我們在「蠢東西」喝了杯咖啡。見到莉茲真好。跟她聚會以某種奇怪的方式帶我回到從前，好像讓我同時覺得自己又年輕又老。不久之前，世界上最重要的事似乎就是阻止托門塔斯博士釋放被封印在至尊腰帶裡的無限力量，一想起來就讓人覺得很迷幻。好像說，感覺如果我們能夠做到那件事，也許一切都會迎刃而解。我是說，老天，我們那時候真是少不更事啊，對吧？

喝完咖啡，莉茲在去參加匿名戒酒會之前有兩小時空檔要消磨，所以我就帶她回我爸媽家。

「妳什麼時候開始玩這個了？」她問，朝著我房間的吉他點點頭。

我拿起吉他。「看吧，妳以為妳對我瞭若指掌，但事實上有很多事妳都不知道。」

莉茲躺到我床上露出微笑。「妳當然會保密。有人告訴過妳妳很了不起嗎？」

我翻白眼。「只有每個人吧。」

「彈點什麼給我聽。」

我開始調音。「妳要我彈什麼？」

「不如彈一首妳寫的歌？」

「我才不要。」

「嘿，妳怎麼從來沒幫樂團寫歌？妳是刻意不跟我們分享好東西嗎？」

我專注在調音上。「我不需要寫歌；其他人每個都在寫歌。」

「對喔，」她說，「我寫歌，喬葳兒寫歌……妳怎麼從來沒有發表過任何一首歌？」

「我也不知道，就是沒有。」

「我敢說妳寫了一些好作品；妳只是從來沒有發表。」

「不……」

莉茲靠向床頭板，閉上眼睛。「彈一首妳的歌給我聽吧，蘿倫……」

＊

我記得有一次我問愛瑞絲她怕不怕死，當時我們被困在K次元的人豕鬥場，看起來我們真的可能回不了家了。愛瑞絲說：怕不怕其實並不重要。死亡的重點在於它很恐怖、威力強大，而且隨時可能發生。當我們面臨死亡時，我們可以很懦弱，也可以很勇敢，但無論如何我們都會死，所以……

我當時心想：哇，好黑暗的想法。

可是現在我在這裡，抱著吉他坐在我兒時的臥室中。「明日之星」結束了，只剩莉茲和我，現在是下午，是塔爾薩的夏天，莉茲躺在我床上，看起來比我記憶中的任何時候都更平靜和美麗，而她要求我彈一首我寫的歌給她聽。

我想到，其實如果你想的話，你也可以如此形容人生。人生很恐怖、威力強大，而且隨時可能發生。當你面臨人生時，你可以很懦弱也可以很勇敢，但無論如何你都會活下去。

所以你不如就選擇勇敢吧。

搬到國土的另一端。

搬到國土的另一端，並期盼悲傷不會找到你，不會像隻流浪狗從這條海岸線跟著你到那條海岸線。期盼悲傷不只是你用牽繩拴著的霧，永遠與你如影隨形。期盼悲傷不能像你一樣矯捷，期盼悲傷更落地生根。也許悲傷有朋友、有家人，不能拿起行李就走。看看悲傷在聖荷西或是教堂山或不管你現在要離開的是什麼地方有多少物品。失去這些東西，悲傷該怎麼活下去？希望這不是那種「我把帽子掛在哪兒，哪兒就是我的家」的狀況，而悲傷把它的帽子掛在你身上了。希望你不是悲傷的家，不管你去哪，不管去了多遠，不管走得多急——悲傷都住在你心裡。上帝在上，希望不是這樣。

搬到國土的另一端，開啟新的冒險。創造嶄新的生活，買一套新的家具，一件新的秋季大衣。讓你的生活充滿令你分心的事物。去上課，學一種樂器，到當地圖書館打開一本你一直想要認識認識的勃朗特姊妹作品，做任何事讓時間流逝得更快、累積距離、盡可能遠離你離開的那一天。

搬到國土的另一端，看著路面上短短的黃色線條飛速掠過你。看著遠方的城市漸漸退到擋住你後車窗、用膠帶封起的紙箱後頭。在某個肥沃之地安頓下來，種下新的你，看著你開花。現在你幾乎不記得那個舊的你了，那個住在另一個地方的悲傷的你。那個舊的你不是你；這才是你。這是你想成為的你。

你現在有朋友，有例行公事，有一間當你悠閒走入，會有人微笑對你說「老樣子嗎？」的咖啡店。有一天晚上，時間很晚了，你在一間酒吧認識一個人，把那個人變成你的嗜好，然後不知怎麼地，嗜好累積成習慣——那個人的缺陷與你的缺陷撞在一起，形成璀璨閃亮的圖案；那個人能了解的不只是你有時候展現出的你，也包括真正的你；那個人——趁你不注意時——把赤裸而受傷的心悄悄滑進你的外套口袋，上頭繫著蝴蝶結，還附著一張紙條：「請小心輕放。」

有一天晚上，你會在這個人的床上驚醒，你會發現自己在這個人的臂彎裡，而你會第一百次地輕輕掙脫，試著離開這個人的公寓，可是當你走到門邊，門把上方會黏了一張便利貼，上頭寫著：「可是如果這次你留下呢？」

而你會轉身回到那個人的床上，你會回到那個人的臂彎裡，你會在那裡待上一年半。而你會學到如何非常、非常溫柔地對待那個人赤裸而受傷的心。

於是當悲傷追上你，查出你的下落——當你有一天抱著滿懷的食品雜貨回到家，發現悲傷就坐在廚房桌邊，若無其事地翻著報紙，好像它從未離開過，吃著瑪芬，好像一切都很正常——當悲傷抬頭看著你，說：「夥伴，你以為呢？你以為會發生什麼事？」——當悲傷對你露出一抹奸笑，用令你立刻崩潰的挖苦語氣強調地說：「這才是真正的愛情故事，夥伴，就是你和我。」——當悲傷重申，當然，某些較輕微的悲傷會褪色，但**這個悲傷**，**大寫的悲傷**，陪你度過所有困難；**這個悲傷**，**大寫的悲傷**，從未離開你身邊，沒有真的離開過，你現在有什麼理由要它離開呢？要這個在不一致的世界中穩定的化身離開？——當這件事發生，你可以把你買的食品雜貨放下，走回門外，然後把門帶上。

你可以坐上車開一整夜，在路上打給你的那個人，說：「我很抱歉。」

你可以一直開，直到撞到掛在另一邊海岸線邊緣、搖搖欲墜的「徵人啟事」告示牌。你可以接下新工作，把所有家當寄過來，或是丟進垃圾堆，或是丟到河裡，或是放把火燒了，或是捐給慈善機構。

沿著海水散散步，呼吸新鮮的海風。

搬到國土的另一端，在新的地方重新開始。

你想知道舞台劇是怎麼一回事嗎？

我對舞台劇的印象是這樣的：

好，首先你要想像一間旅館房間，對吧？只是一間正常的、看起來很無趣的旅館房間，就旅館房間的標準來說，價位比較偏高的類型。觀眾陸陸續續進來了，他們在這間位於曼哈頓下城的小劇院裡紛紛入座，這間劇院幾乎只有露營車那麼大，座椅坐起來感覺像有人剛用膠水在堅硬的金屬上黏了一層薄薄的布料。劇院的主要特色——應該說它存在的意義——就是要讓人長時間坐在裡頭，所以照理說，他們至少應該考慮投資一些舒適的椅子吧。給聰明人一點建議：如果他們連這部分都弄不好（多數時候確實如此），那麼你就繫好該死的安全帶吧，我現在就能告訴你，今天晚上這場折磨你是逃不掉了。

總之，觀眾會沿著走道試著找到他們所屬的那一排座位，這簡直堪稱不可能的任務，因為雖然劇院裡只有三排座位，它們卻標示成「第A排」、「第jj排」和「第2A又二分之一排」，大家都看著自己的票，心想：「我應該要坐在第十二排，十二到底在哪裡？」但總之，他們走下走道之後（地毯上有個奇怪的鼓起，大家都要小心別被絆倒）坐下來看向舞台，看到一張床、一張椅子和迷你冰箱，他們說：「好吧，我猜這齣戲的場景是旅館房間。」

所有創作出來的劇本之中，大約有半數都以旅館房間為場景，所以這不是什麼讓人大吃一驚的設定，而在那些劇本中，又有大約半數在講出差的男人對妓女掏心掏肺，結果發現那些妓女其實相當可人。這齣戲不是這樣，不過乍看之下讓人覺得有點像。譬如說，觀眾進來看見旅館房間時，就得確認一下節目單，因為他們會想：「噢，該死，莫非這又是那種悲傷男人搭配貼心妓女的戲碼，男人甚至不想跟她上床，只想跟她聊天？不過後來他們還是上床了，而她甚至沒有收他錢，因為他們愛上對方了？當然，妓女那個角色還會面對著觀眾脫胸罩？天啊，這不是那種戲，對吧？」

所以這時候每個人都在看節目單，對吧？為了搞清楚這是不是那種妓女戲。然後他們讀到藝術總監的話之類的，還有演員的簡介，他們會說：「喔喔，你看到沒有，這個女演員在《法網遊龍》裡演過屍體耶？」節目單背面還有個東西在講我們需要你捐錢給劇院，像是說劇院有多麼重要而不可或缺，彷彿你不是因為已經花錢買票所以才在這裡，彷彿他們讓你看這齣戲是給你福利，彷彿劇作家的父母不是已經花了幾千美元把這傢伙送進騷包的文理學院，讓他能學習怎麼把劇本寫好。

彷彿他的姊姊沒有剛從雪城一路開車過來，把孩子們留給她卑鄙的前夫照顧，你就是知道他會趁她不在時講些對他們造成陰影的愚蠢廢話，或者他會帶他們去看巷弄裡的死貓，或是舊的摔角影片之類的。等她回去，她就會接到學校電話，因為她的小孩到處把人掛在肉勾上或對人施展打樁機的摔角招式。

不過總之，回來談這齣戲吧。所以，燈光暗了，時髦的劇院服務生來到觀眾前方宣布事項。事項內容基本上是：「嘿！各位笨蛋！手機關掉！你們在看戲！」不過除此之外也許還有一部分在說這間劇院公司還將推出更多劇作，如果各位觀眾喜歡看戲，也許您可以買票來欣賞更多作品！我心想，天啊，又是舞台劇，你可不可以暫停一秒不要試著把舞台劇這東西推銷給我吧；如果我想看更多戲，我知道該怎麼做，但不管怎麼說我根本不住在這裡；我只是試著成為我那白痴劇作家弟弟的好姊姊而已——順帶一提，他甚至沒辦法為我弄到免費的票。這是關於舞台劇的另一項事實：所有一切的前提都是，妳得付錢買自己的票，因為我猜那就叫支持。因為我猜如果妳不買票，誰會買呢？老爸老媽？對啦，最好是。當那個時髦的劇院服務生沿著走道往回走（被地毯上奇怪的鼓起絆了一下），妳看看周圍這間半滿的劇院裡其他觀眾，好奇任何一齣戲的成功，是不是都純粹只源於親友團「表現支持的態度」。

所以接著戲就開演了，台上發生的第一件事，是兩個女士一前一後衝進旅館房間。這兩個女士很可能是姊妹，因為如果一齣戲與妓女無關，就有百分之九十的機率跟姊妹有關。不過，當然，由於這是戲劇，這對姊妹的容貌毫不相似。首先，其中一人年約五十，另一人大概二十，因為你選角的時候顯然不可能找到兩個年齡相仿的女演員嘛。

年紀較大的女士直直走向迷你冰箱，拿出一瓶白酒，雖然由於這是戲劇，白酒其實是水，甚至瓶子裡根本沒有東西——在此為所有戲劇爆個雷——瓶子裡很可能是空的。較年輕的女士甩掉鞋子，跳到床上。她們開始用那種語速很快、結結巴巴的「我是戲中角色」的方式說話，寫劇本的傢伙以為這種台詞很自然，但事實上，除了剛初嚐古柯鹼滋味的人之外，沒人會這樣講話。

「好吧，好吧，可是我們能不能——好吧，可是我們能不能談一談？」床上的女士說。

「先喝酒，後說話。」

「不過，維吉妮雅，我們可以談嗎？我們可以談嗎，維吉妮雅？」

戲劇中的人總是在互相稱呼對方的名字。那差不多就是戲劇中最常發生的事：人們就這麼把名字塞進句子裡。

「妳認為我不想談嗎，瑪姬？我很清楚有些事情我們非談不可。」

「她很漂亮。」

「我還沒喝嗎？」

「但她很漂亮。妳得承認這一點。」

「唔，她當然很漂亮，瑪姬。我們講的人可是丹尼斯耶。妳認為他會隨隨便便跟一隻從載滿靴子的卡車上掉下來的老負鼠約會嗎？」

這博得觀眾熱烈的笑聲，感覺像是：為什麼？我告訴你為什麼好了。因為在舞台劇中對喜劇元素的標準非常低。如果你聽到電影裡出現同樣的台詞，你會覺得說：「笑點在哪？」但我猜因為這是舞台劇，而且，該死，它在那兒搏命演出，我們都願意去半路接應它，為它的一些台詞發笑。

與此同時，你完全無法明確看出這對姊妹應該是多大年紀的人，但如果非要猜的話她們大概是二十幾歲，因為顯然那個姊姊就是妳，而妹妹應該是珊儂，所以如果年輕的那個角色年齡大於二十六歲就很奇怪了，因為珊儂死的時候正是二十六歲。

一旦妳醒悟到那對姊妹就是妳和珊儂，妳的心就好像底部破了個洞，心裡裝的所有東西都灑落到下半身。一開始，妳以為那兩個角色也許只是以某種方式由妳和珊儂獲得靈感，但妳愈是看下去，愈是意識到，不，那個姊姊就是妳，刻薄、麻木、殘酷，而妹妹是珊儂，自從六年前真正的珊儂因用藥過量而死，這已是最貼近珊儂的重現版本。

而姊妹倆講的「丹尼斯」就是妳的弟弟達斯提，那個劇作家；「漂亮女孩」則是他的前未婚妻小不點，這齣戲取材自你們大家那一次去尼加拉慶祝你們爸媽的結婚週年紀念日，順帶一提，達斯提並沒有告訴妳這齣戲是在講這個，不過平心而論，他確實傳了一個網址給妳，而妳並沒有點進去看，所以也許這件事要怪妳自己。

總之，「丹尼斯」很快就和他的女朋友「崔西」入場，剩下的整齣戲都在這一個旅館房間裡演完，因為劇團可不會把「輝煌的贊助者」（指的大概就是某一個演員的老爸任職的房地產公司）給的錢拿一部分去打造第二個布景。

以妳為原型的角色大嗓門又憤世嫉俗，以珊儂為原型的角色甜美、傻氣、活力十足。以達斯提為原型的角色彆扭而神經質，比達斯提實際上還要更彆扭和神經質得多，不過那個角色神經質得很可愛，而達斯提並不是。譬如說，某人因為考慮要求婚而在女友面前舌頭打結，這很可愛。某人以家人為題材寫了一齣戲卻不告訴家人，這不可愛。讓姊姊開五小時的車到紐約市並訂了旅館房間（因為天知道她絕對不要再睡在他的髒沙發上），買一張票看他的戲，然後，**驚喜來囉！**對了，**順便一提**，以妳為原型的角色還是個酒鬼。以珊儂為原型的角色對藥物上癮，從她一直吞藥丸的舉動就能看得出來。好像當時這就很明顯了，好像任何理性的人都看得出來，都能夠說點什麼——但是當然那並不明顯，因為如果很明顯，妳就會說點什麼，就會做點什麼。妳當然會。

當妳看著你們的尼加拉家族旅遊，化作奇怪的鏡像版本在眼前上演，聽到周圍的人對「笑點」發笑，以貶抑的口吻喃喃發出瑣碎的批評，妳開始覺得，自己非常、非常赤裸地曝露在別人的目光下。妳感覺好像妳是一間擠滿陌生人的唱片行；他們就這樣沿著妳的走道遊逛，隨意翻看妳的收藏。「妳」成了一座博物館，現在開門營業，妳的每一部分都掛在牆上，赤裸裸地擺在桌上，用刺眼的強光打亮，附上彆扭的說明文字。這就像是那種夢，就是那樣。妳知道我說的那種夢吧？就是那種夢。

有時候妳去看戲時，就會產生這種感覺。

所以，總之，看完一整幕那個後，燈亮了，中場休息時間到了，所以妳在另外一整幕那個之前可以短暫地喘口氣，妳弟弟轉向妳說：「目前為止妳覺得怎麼樣？」

妳說：「我還在消化。」這是安全的戲劇評論，代表的意思是「我不喜歡它」。

達斯提說：「嗯，我知道有很多要消化的。」

妳說：「我要去尿尿。」

妳走到外頭的大廳，女廁外頭的人龍大概有一千哩長，妳心想，觀眾人數幾乎掛零，怎麼可能會有這種事？當然男廁那裡沒人在排隊，妳覺得劇團現在應該已經解決這個問題了才對，因為劇院總是發生這種事。妳決定乾脆就去上男廁，如果有人要跟妳過不去，妳可以直接跟他們說劇作家是妳弟。如果有人跟妳過不去，妳可以說：「你知道那個酒鬼姊姊嗎？戲裡的？就是我。」

沒人跟妳過不去。

上完廁所，妳決定妳要來一杯葡萄酒和一些M&M花生巧克力，但吧檯的人龍也很長，妳考慮了一下要不要插隊到前面，把場面鬧大——因為他們能怎樣，把妳趕出去嗎？——但妳不想那樣讓達斯提難堪（儘管他顯然對於讓妳難堪毫無愧疚），所以妳轉而走到屋外，打電話給妳的卑鄙前夫。

「孩子們還好吧？」妳說。

「孩子們好極了——寇弟，把那個噴燈放下！」

如果妳對這個人還有翻白眼的能力，妳應該會翻白眼的——但你們五年的婚姻已經讓妳的眼睛完全翻不動了。

「你真幽默，但我把他們接回來的時候，他們最好十指俱全。」

「當然，當然。如果妳運氣好的話，也許我甚至能多送妳兩根手指，只是因為我喜歡妳。」

「你該不會讓他們喝汽水吧？」

因為妳對別人示好的自然回應方式當然就是批評，這是天經地義的。畢竟那不是正符合妳的角色嗎？那不就是「維吉妮雅」會做的事嗎？

妳能聽到妳的前夫在電話另一頭變得緊繃。對方停頓了一下，久到剛好足以作為「不要又來了」的暗示，然後他說：「戲好看嗎？」

因為他對於批評的自然回應方式，當然就是轉移話題。

「說的是我們，」妳說，「整齣戲都在說我們。」

「什麼，我們？妳和我？」

「不是啦，沒有你，笨蛋，是我和達斯提和珊儂。」

「該死，真的？說妳和達斯提和珊儂怎樣？」

「我不知道耶，這位大哥。說我們全都是一群混蛋？」

「老天，」妳的卑鄙前夫說，「他媽的，達斯提當然會對妳做出這種事。」

「是啊。」

「妳原本就知道嗎？」

「不，我原本他媽的不知道——你在開玩笑嗎？你覺得要是那樣我還會跑來？」

「妳知道嗎，這就是他會幹的事。他把別人推開，然後他又會訝異，比如說妳父母不想——」

「現在只是中場休息，我得回去了，戲馬上又要開演了。」

「不，達珂塔。回旅館去，或是去酒吧之類的。妳不需要逼自己撐完全場。」

但妳當然需要。

回到裡頭的路上，妳弄來一杯葡萄酒。按照法律規定，劇院不能賣酒給妳，因為他們沒有賣酒的執照，不過「建議捐款金額」是七美元。妳考慮了一下對方的建議，不過最終決定一毛也不捐，因為光是來這裡，不就已經是很足夠的捐獻了嗎？

第二幕開始了，姊妹倆再次衝進房間，以珊儂為原型的角色再次甩掉鞋子，這次其中一只鞋子飛出去撞上旅館房間的假牆，整個布景都有點搖搖晃晃，觀眾都在笑，但妳氣炸了。妳想像妳弟弟跟這個演員在排演，示範給她看究竟該如何把鞋子甩掉，那是珊儂每次進到房間時都會做的動作。她如何甩掉鞋子並不是什麼重大家族祕密之類的，但對妳來說，重現這個畫面感覺降低了它的格調。比如說，下一次妳想到珊儂甩掉她的鞋子的樣子時，妳想起的會是珊儂呢？還是這個演員呢？

戲的後半部比前半部要詭異得多——其中一部分可能是夢境，不過有點難判斷。在某個時間點，燈光全變成紅色，演員們轉身面向觀眾，異口同聲地以奇怪的單調語氣說話。舞台劇裡有時候會發生這種事，那是當導演擔心觀眾開始覺得無聊，他就讓演員直接看著觀眾，使觀眾感到不自在，不得不集中注意力。現場有頻閃燈和煙霧機，表演進行到後段時，一個杯子被撞下桌子、滾下舞台，其中一個演員還得追著它跑進觀眾席，有時候舞台劇裡也會發生這種事。

然後在劇終的時候，燈光整個滅掉，妳弟弟立刻開始鼓掌，可說是在誰都來不及呼吸之前，像是他擔心如果他不開始鼓掌，就沒有人會鼓掌了。像是，也許沒有人會知道戲演完了。也許你們會全都乾坐在黑暗中，心想：這齣戲怎麼了？還會再開始嗎？這是戲的一部分嗎？

妳個人並不介意待一會兒——在黑暗中安靜地待一會兒——想一想妳剛才看了什麼，想一想妳等一下要說什麼，決定妳要不要讓妳弟弟看見妳在哭。有很多舞台劇如果在結束時給人一點時間整理心情都會比較好，但很多舞台劇並沒有這麼做，而這齣戲也不例外。

燈光重新亮起，演員們鞠躬行禮，最詭異的是妳還為他們鼓掌。妳發現自己為這齣露骨地模仿妳人生的木偶戲鼓掌，好像妳真的認為整件事都很用心且美妙。接下來幾個月，妳會經常想起今晚，而妳將會反覆問自己這個問題：妳為何鼓掌？

戲演完後，妳弟弟要妳和他還有演員及工作人員一起去吃晚餐。顯然，在紐約，「晚餐」指的是晚上十一點吃的那一餐。我猜作為藝術家，你有資格對某些概念發揮自由創意，尤其是當你早上不必去上班、沒有家庭，也不需對於在接近午夜時分光顧小餐館吃「晚餐」、卻點了鬆餅感到任何羞愧。

總之，這齣戲的所有相關人員都對跟達斯提的姊姊見面感到非常興奮。

「原來妳就是真正的維吉妮雅。」飾演維吉妮雅的演員說。

「其實呢，我叫達珂塔。」妳說，「我相當確定維吉妮雅的原型是我們的另一個妹妹麻薩諸塞[3]。」

「噢，就是去世的那位嗎？」演員說。

達斯提說：「她在耍冷。我們沒有名叫麻薩諸塞的妹妹。」

然後每個人都稍微冷落妳，因為他們是劇場咖，而劇場咖認為好的對話就是他們輪流對著所有人說自己的有趣故事，一連說上半小時。說真的，這是最殘酷的部分——就在妳花了兩個半小時看他們表演以後，他們帶妳去第二個地點，結果那裡有更多表演。

最後，他們厭倦了講自己的事，這些劇場界人士準備好聽妳講他們的事，於是其中一人轉向妳問道：「達珂塔，妳覺得戲怎麼樣？」

妳把啤酒喝完，說：「我覺得最後他們全都質問姊姊藥丸的事，感覺很不現實。我覺得很不真實。」

所有人都變得不自在。飾演崔西的演員笑出來，因為她以為妳在開玩笑，但當她發現沒有其他人在笑時，她說：「不好意思。」然後她從桌邊起身離開，妳這輩子再也沒見過她。

妳弟弟搖頭。「天啊，達珂塔，那只是一齣戲。」

「我只是說感覺不像真的。」

這時導演說了類似這樣的話：「我明白現在是什麼狀況了。是這樣，達珂塔，在虛構作品中，有時候事物可以用違反事實的方式呈現——或者說與它們在現實生活中的樣貌不同，而兩者間的差異正好賦予了虛構作品它的生命力。」

而妳說：「噢，哇，真的嗎？虛構作品是這麼回事啊？我他媽的不知道耶，不知道虛構作品會違反事實什麼的。謝謝你為我說明什麼叫虛構作品。」

---

3 這是個笑話，Dakota、Virginia和Massachusetts都是美國的州名。

妳弟弟說：「達珂塔，冷靜一點。」

「為什麼？我讓你丟臉了嗎？」

「其實是這樣沒錯。」

「所以，我問清楚一點，這個很丟臉？那齣戲裡演的一切——那麼多家醜——那都是什麼，虛構作品？但這個很丟臉。」

所有劇場咖都閃避目光，因為暫時當不成關注焦點真的讓他們很不自在，而達斯提說：「我可以跟妳到外面談一談嗎？」

所以你們走到店外，妳點了根菸，結果餐廳的人說：「不好意思，女士，您不能在室外用餐區四點五公尺的範圍內吸菸。」如果那不是這整件事最狗屁不通的部分，那真讓人不知道什麼才是了。

「怎麼回事？」達斯提說。

妳搖搖頭，因為如果他到現在還不知道，那他還搞屁啊？

「聽著，」他說，「我知道把戲看完很難受，不過妳認為我又有什麼感覺？我已經花了一年半的時間在這齣戲上。」

妳哼了一聲。哎唷，那可真不得了啊？

一輛公車經過，車身貼著一齣戲的廣告——真正在百老匯上演的戲——於是妳好奇是否每齣戲——每齣敘事體的「虛構作品」——都只是讓寫劇本的人有藉口可以講些廢話。

「誰說那沒關係了？」妳問，「你寫進那齣戲裡的東西，是誰允許你寫的？」

達斯提低頭看著他的腳。「聽著，對藝術家來說，那些都是創作的素材。」

「不，我不是你的『素材』，珊儂也不是『素材』。你得處理你的爛問題。」

「我有在試著處理，這就是我處理的方式。」

現在妳不能看他，因為妳一看他就會哭出來。妳大概應該讓話題就此打住，但妳卻說：「是嗎？你也在處理我是個壞母親的事嗎？還是個酒鬼？這些都是你必須在劇本裡處理的問題嗎？」

「我什麼時候說妳是個壞母親了？」

「你認為我是個壞母親，因為有一次我讓泰勒摔到頭。」現在妳哭了，這是——忘了剛才那句吧——這整件事裡真正最狗屁不通的部分。

「妳在說什麼啊？」

「你在戲裡安插了我摔到泰勒頭的橋段，那是一大笑點，每個人都在笑，而我坐在那裡想：這些人都認為我是個壞母親。」

「妳有摔到泰勒的頭嗎？那只是我編的劇情，重點不是妳。」

「但是整齣戲的重點是我，還有珊儂，還有你，還有老爸老媽。還有我們都是壞人，因為我們沒有救她。」

這時妳看得出達斯提想說什麼，但他想想又算了，但沉默一會兒後，他還是忍不住說出來：「唔，我們是沒有救她，不是嗎？」

噢，我先前忘了提——舞台劇的另一個愚蠢之處是有時候會有電話鈴響的音效，而即使演員接起電話，鈴聲還會多響個一拍。發生這種事的時候還滿搞笑的。

好，剛才說到哪裡？

對了，在餐廳外面。好。

好。

「達斯提，」妳說，「當時我們並不知道，我們什麼也做不了。」

這下他生氣了：「真的？妳不知道？我們去尼加拉的時候，她整個週末一直溜進浴室？她在吃晚餐時一直睡著——她會連續半小時咯咯笑個不停，摸大家的臉——妳都一點不覺得奇怪？」

「我只是以為她在耍寶——因為她是珊儂。」

「是啊，因為她是珊儂，而珊儂有藥癮。」

「你的意思是說，要不是我是個酒鬼，我早就該注意到了。你認為珊儂會用藥過量是因為我——」

「我只是說那很明顯。整個週末小不點都在說：『你妹妹怎麼了？』」

「唔，很抱歉我不像小不點對人類行為有那麼敏銳的觀察力。如果你覺得那麼明顯，為什麼你不說點什麼呢？」

「我不知道。」他說，他說出下一句話的方式，像是在嘔出噎住喉嚨的東西，好像那東西掛在他喉嚨裡的一個勾子上：「我永遠都不會知道了。」

妳很難過，但接著妳又因為他讓妳有這種感覺而生他的氣，因為他才應該為自己搞出的噱頭而難過，所以妳說：「珊儂不是個任憑你去講的故事。我不是任憑你去講的故事。」

他說：「很遺憾妳這麼認為。」

妳點點頭。基本上妳能從達斯提那裡得到的就是這樣了；我不知道妳為什麼以為還能得到別的。

「我要回旅館去了。」妳說，「晚餐要給你多少錢？」

他說：「沒關係，不用了。」

妳說：「不，讓我付啦。」

他說：「不，沒關係啦。」

可能這樣也好吧。少一件要操心的事。

妳開始走開，達斯提喊道：「我猜老爸老媽沒來是好事，對吧？他們應該會很討厭這齣戲。」

妳轉回身。「我不知道耶，老弟。我甚至已經不知道他們能夠做什麼了。」

如果今晚這坨狗屎還有什麼光明面，那就是至少戲的內容不是在講珊儂死了之後發生什麼事，關於妳的父母封閉自我，斷尾求生——當妳試著打給他們，妳媽說：「抱歉，達珂塔，跟妳說話……對現在的我們來說太難以承受了。」——聽到她這麼說，妳自己的悲傷增加了三倍。妳不覺得妳能忍受看一齣這樣的戲。

「我寄了電子郵件給他們，但是……我不知道我怎麼會以為他們會來。」

妳看著他。戲裡那個版本的妳會擁抱他。戲裡那個版本的妳會說：「達斯提，不管他們兩個怎麼樣，我保證都不是你的錯。」

但是真實版本的妳只是看著他，聳聳肩給他一點微不足道的同情，這應該要神奇地傳達你們之間需要傳達的所有訊息。

他說：「唔，謝謝妳來。」

妳一個人回到旅館房間，直直走向迷你冰箱，拿出妳稍早買的那瓶葡萄酒。

這個房間有兩張床，因為妳訂不到只有一張床的房間，妳真希望珊儂也在這裡。事實上，妳希望珊儂從頭到尾參與了整件事。撇開別的不談，妳很想聽聽她對這齣戲有什麼看法，就算只為了這個也好。

妳知道這戲不會讓她像妳一樣介意，這一點也滿惱人的，因為為什麼妳總是要當那個介意很多事情的人呢？跟達斯提吃完晚餐後，妳們會出去喝酒，就妳們姊妹倆，喝完酒妳們會回到共用的旅館房間，珊儂會把鞋子甩掉。

「我喜歡那齣戲。」她會說，而這當然讓妳氣到抓狂。

最起碼，珊儂會因為飾演她的演員演過《法網遊龍》而興奮不已。「讚耶。」她會說。她會得意洋洋地看著妳，好像這是她的重要成就。當下這會讓妳很不爽，不過事後回想，妳會覺得超級搞笑。事後好幾個月，妳都會回想這一刻——珊儂說「讚耶」，並像是見鬼的威爾斯公爵夫人一樣在椅子上挺直背脊——每次都會讓妳揚起嘴角。

所以就算只為了這個也好。

詩

「我對於每年的這一天所表達的柔情蜜意有點感冒，
因為節慶卡公司利用從店裡買來的感情賺飽荷包。
商品化的溫情助長了愛情與產業的複合體，
這種複合體只會讓所有人更單一化，並促使大家（充其量）隱藏自己。

使我鬱悶的不只是缺乏精確性——這種一套走天下。
我想妳和我擁有共同的覺悟，那是從長久埋葬的希望中發出來的芽。
我像妳一樣擔心，愛會使我們麻木，像是渴望關節／連結到發痛的冰冷空白。
我們納悶，如果每個開端中早已內建終結，那麼我們何必苦苦索求？

妳對似乎受控於人的親暱舉動懷疑得好，
因為所有花言巧語都是帶往終極心碎的手段，是一場華麗的誤導。
我無法保證這封信不會使我們兩人有一天心碎而陷入灰色。
不過話雖如此？妳使我變成一灘軟泥。溫蒂，祝妳情人節快樂。」

當溫蒂看著她收到的卡片時她的眼神冷淡到趨近於結冰，費南多現在短暫地考慮自己的措詞是不是有點毛病。他的本意是向溫蒂確認她的顧慮都其來有自，不過同時也保證他並不怕她敲響的警鈴吵得放肆。

「嘿，不要愛上我。」溫蒂說，而費南多堅持：「我沒有！」

他以為他穿針引線的功夫做得很好，但似乎還差了一手。「妳使我變成一灘軟泥」也許有點過頭——對，事後看來他犯的錯就在這裡；這首詩的超然瞬間瓦解，因為這句話太露骨地誠心誠意。

多年來，他一直緊抓住任何帶來進展的微小機會，而現在他把他的心裝在卡片裡遞給這個女人，她仍然斜眼盯著愛情，眼露懷疑。

「很聰明，」她邊說邊摺起字條，「如果說我注意到什麼事，那就是你很聰明。」

他微笑，再次忘記他的目標應該是心如明鏡。

當溫蒂打給他說她跟華倫的婚約取消，

消息中隱含——至少在他聽來——邀約，只是暗示，沒有大剌剌地聊。

當溫蒂從威廉斯堡出發到處晃晃，最後卻晃到了費南多在皇后區的家？

然後跟他一起爬上床？關掉她的手機？嗯，我想我們都知道那讓人產生什麼想法。

她待了兩個星期，完全沒提她打算借多久的床位，

對此她的東道主毫不在意，提供她許多擁抱和兩個馬克杯：一個裝葡萄酒，一個裝菸灰。

他變得頗為習慣為她做早餐，當她的頭號護花使者，

握著她的手聽她對話筒中的母親哭喊：「不，我想我回不去了！」

現在亂七八糟；過去是場災難；然而未來相當明確——除了兩天後的未來，因為情人節迫在眉睫。

他知道他必須溫柔，不能太感情用事、羅曼蒂克或生搬硬套，但他就是感覺自己得做點什麼，而那就是寫這張字條。

他試著微微揶揄——只是微微地——而不要顯得過於譏嘲。他主要只想讓仍然脆弱的住客知道她真的很美妙。

雖然溫蒂的心碎不可逆，費南多可以幫忙把碎片沾黏。

「但我以為我們已經說好了，」溫蒂說，「像是我不是叫你別送卡片？」

費南多爭辯著，解釋這是張「反」卡片，這是笑點所在。

就像是你要如何服務一個只要有炮打有健怡可樂喝就滿足的女孩？

一首抹上厚厚鹽水再加進一小團蜂蜜的諷刺情詩——

但這時他心想也許這屬於那類事物吧——如果必須解釋就幽默盡失。

於是他反而說：「抱歉，好像是很蠢，我只是有點太興奮。」
溫蒂因為讓他傷心而有些內疚，判定這個錯誤可以修正。
「我很喜歡。」她謊稱，她試著露出欣喜貌，不過事實上整件事都像噩夢重演。
她忙於逃脫過去的結，卻對現在頸上重新收緊的套索視而不見。

費南多很和善，他英俊而機智，且在她最需要的時候聽憑她吩咐，
但溫蒂現在擔心她在無意間打擊了她為情所困的東道主。
對，溫蒂喜歡他，是，她私下幻想過他這個男朋友可以拿到怎樣的分數，
但她還是知道讓這一時的放縱發展成**真有其事**是致命的錯誤。

首先，她剛把一個男人拋棄在禮堂；不管怎麼說，她都需要空間。
但是當妳借住在人家的房子裡，妳要怎麼說「我需要空間」，同時還擺張撲克臉？
妳穿他的毛衣，妳睡在他的臂彎裡——唔，那或許傳遞某種隱含訊息，
那是共同的預期心理，多年的調情帶來的鼓勵。

然後再加上兩星期的親吻、喝酒、互相分享年輕時的傷疤——她想都沒想就爬進他的心裡，就像孩子不經意地舔著鬆動的牙。事實是即使她和費南多在短時間可能成為一對美眷，她原本預訂要結婚的這個月或許也不是開啟新關係的正確時間點。

不過除了這一切之外，假設這兩人能夠撐過惡劣的時機，寫詩給她還是感覺相當冒昧。譬如說，他憑什麼認為對她來說押韻很討喜？如果費南多感覺兩人心有靈犀，那麼費南多不是該憑直覺知道既然他的目的是追求這個女人，這種方式並沒有成效？

這首詩很聰明，但聰明到過於膩口，奇思異想和活力多得無處宣洩。所以這詩是如同詩句中所聲稱地為了她，還是其實是為了他而寫？費南多的感情感覺黏人卻疏遠——熟悉，但仍然有股陌生。（再說了，如果她要的是堅定不移的奉身，她大可以不要離開華倫。）

「我很抱歉。」費南多暗示但沒有直說，指的是那封信。

雖然溫蒂堅持他不該感到內疚，他卻更難過——他聽得出弦外之音。

這首詩也許有一點放縱，像是情緒上的自慰之作，讓人只想大哭。

他的本意是想寫得調皮逗趣——像蘇斯博士[4]！——只不過現在感覺更像大衛・拉科夫[5]。

所以他們倆都安靜地坐了一會兒，沉默開始蓄積成池；

他們各自驚覺自己的行為其實很殘忍，不是只有自私。

費南多心想也許他仍有機會說些深刻而具體的話。

結果他卻說：「嘿，所以，整件事的重點是，妳知道，我覺得妳好得人人誇？」

「這不是……」溫蒂說，她沒把話講完，費南多說：「嗯，不，我瞭。

我猜我只是覺得比起事後懊悔，還是說出來比較好。」

4　蘇斯博士（Dr. Seuss, 1904-1991）為美國童書作家，知名作品包括《戴帽子的貓》、《綠雞蛋和火腿》。

5　大衛・拉科夫（David Rakoff, 1964-2012）為在加拿大出生的美國作家，常寫半自傳性質的幽默散文。

而溫蒂說：「是啊……」於是費南多想起他第一次向朋友們提起目前的安排時，其中一人說：「唔，我等不及要看這個故事怎麼完畢！」

他的姊姊對他說過：「你知道有句話是這麼說的：『不羈的心勢必會馳騁。』當心了。」所以現在溫蒂說：「說真的？我該回家了。」他實在談不上驚愕。

費南多什麼也沒說，因為他能說什麼？整件事已經徹底結束，很快地他那維持了半個月的情人就會消失在清冷午後的縐褶。

他把所有床單丟進洗衣籃，直直盯著前方，困惑的心情大於煩擾。溫蒂在等地鐵的時候，找出華倫的號碼並開始打簡訊草稿。

所謂的詩你很難抓住它的奧妙，不過文字會在你的腦袋裡頭堆砌。所謂的人你很難讀懂他的心思，不過感覺被人讀懂更是大有玄機。

所有可能事物的平均值

露莘達，這個所有可能事物的平均值，在她極度不特別的公寓裡非常符合平均值地醒過來。她穿上非常普通的衣服，瞥向鏡子，它的反射量（就鏡子而言）相當正常，而當她看著頗為符合平均值的自己，她心想：嗯，好喔。

她坐上她還可以的車，開去還可以的公司上班。一切都是米黃色的水泥裝潢，看起來還可以。這天非常普通，就跟其他日子沒什麼不同，唯一稍微值得注意的是在某個時間點，她有整整八分鐘沒看手機。

她獨自一人在辦公桌前吃午餐。羽衣甘藍凱薩沙拉配氣泡水。溫度調節裝置設定在攝氏二十二度。

那天晚上，她回到她極度不特別的公寓。她熱了前一晚自己做的義大利麵剩菜當晚餐——不算頂好，不過也不算太差。她吃了分量正常的一餐，然後邊看兩個半小時的居家裝潢改造節目邊回覆工作郵件，之後去睡覺。

她一開始睡不著，所以從三百開始連續減七來倒數，然後連續減八，然後連續減九。到了凌晨三點三十二分，她確認自己有沒有收到任何簡訊——但是當然沒有，因為這時候是凌晨三點三十二分。在凌晨三點三十二分沒收到簡訊是很正常的。這很正常，很可以，也是露莘達應得的。

＊

露莘達早上醒來時落枕了，這是露莘達應得的。

上班途中的交通很正常。高速公路上有一起嚴重的事故，就統計數字來說這很正常。廣播放了八首非常熱門的歌，露莘達全都喜歡，但不愛任何一首，她短暫地納悶自己是否沒有能力再愛任何東西了，這是一般人會短暫納悶的正常事情。

她到公司時，並沒有收到任何新的簡訊。

她有三十一封新郵件，不過它們都是工作相關的郵件，要不就是她懶得退訂的垃圾廣告信。她短暫地納悶了一下，該不會在她作古且被遺忘數百年後，她最後剩餘的遺產就是從未有人檢查的電子郵件帳號，它每天仍從自動化的郵件機器人那裡收到幾十封郵件，它們不知道她早就死了，因此對絲芙蘭第二件八折的誘人優惠不感興趣。

她獨自一人吃午餐。羽衣甘藍凱薩沙拉配氣泡水。

「妳真的很愛吃羽衣甘藍凱薩沙拉耶。」接待員黛比說，她放下露莘達的羽衣甘藍凱薩沙拉。

「嗯，這個嘛，我喜歡提醒自己，如果你的心臟被捅了夠多次，最終他們就會用你的名字為沙拉命名。」

這是個很符合平均值的笑話，但黛比笑得好像它高於平均值，她人真好。這陣子每個人都對露莘達非常貼心，說真的，這只讓狀況更糟，因為這表示他們*知道*。當然他們不可能真的*知道*的那種知道，因為沒有人真的*知道*。那是一部分的癥結所在，既是好的一部分，也是壞的一部分——就是「沒人知道」的這項事實。不過大家還是知道*某些事*，所以他們才表現得非常貼心。不知怎麼地，茶水間裡有人在談「我們都應該對露莘達好一點」，因為她「經歷了很多事」，雖然露莘達其實並沒有經歷那麼多事，她只是經歷了每個人都經歷的正常分量的事。這很正常很無聊很可以，而且它爛透了，不過沒關係。

＊

兩點十八分整，蓋文來到她的辦公室，問她有沒有整理完備忘錄，內容是把集體訴訟描述為「藍牙耳機爆炸期」的那四十五天所發生的所有技術支援電話都彙整出來。露莘達說還沒有，不過她可以在三點以前給他，她並沒有說這花了她比較久的時間，是因為蓋文新雇用的大胸法律助理有個迷人的傾向，就是把電話區碼和郵遞區號混為一談——考量到所有狀況，露莘達沒有這麼說是非常有風度的。

蓋文朝她微笑，這非常貼心，露莘達覺得蓋文表現得非常貼心是件極為殘酷的事，蓋文說：「多謝了，露莘達。」

「應該的。」露莘達說，蓋文再次微笑，走開了。

露莘達開啟她正在處理的文件檔案，想著蓋文說「多謝了」的時候，他不是說「多謝了，小露」，他說的是「露莘達」，這是她的名字，他說出來聽著很怪，但它不應該聽著很怪，因為畢竟露莘達是她的名字沒錯，如果他說的是「小露」會更奇怪，因為小露是男朋友們叫她的方式，而蓋文在這一刻並不是她的男朋友。

露莘達拿出手機打了封簡訊給蓋文：「正在製作那個備忘錄。抱歉花了那麼長時間，但你也知道無尾熊一天要睡二十個鐘頭。」

她看著簡訊，決定不要傳出去，感謝上帝，她改傳了一封這樣的簡訊：「如果剛才怪怪的，我很抱歉。」

她傳出去後，看到表示蓋文在撰寫回應的三個點，不過無論他在寫什麼，他都沒有傳出來，三個點也消失了。露莘達把手機放進辦公桌抽屜，開始認真做備忘錄。兩點四十二分時，她完成了備忘錄，但想要先確認蓋文有沒有回應她的簡訊再寄出去。他沒有回。她等到三點整，然後用電子郵件的附加檔案把備忘錄寄給他，郵件本身只寫道：「請查收。」

十八分鐘後，他用電子郵件回應：「謝了。」

她開車回家的一路上都沒有看手機，不過等她到家時，蓋文仍然沒有回她那封「如果剛才怪怪的，我很抱歉。」的簡訊。她考慮再傳一封簡訊給他：「如果那封關於事情怪怪的簡訊很怪，我很抱歉。」不過她沒有傳，感謝上帝。

結果她自己一個人去看電影，這對單身女性來說是件正常的事。不過她很難專注在電影上，因為她一直在想她在看電影的時候不能看手機真是件好事，等電影結束了她大概會有幾封新簡訊可以讀，來自蓋文或任何想傳簡訊給她的人，可是電影演完後她打開手機，卻沒有任何新的簡訊。

那天晚上她把手機留在床邊，不過切換到勿擾模式，這樣如果她收到新的簡訊就不會被吵醒，但是到了午夜，她心想：這太蠢了，於是她把手機關機，可是到了凌晨兩點十四分，她心想：這太蠢了，所以她又把手機開機，果不其然，她在十二點四十一分收到蓋文的簡訊，內容是：「不會怪怪的。」

露莘達心想：好喔。原來不會怪怪的。

＊

隔天，露莘達在她的辦公室裡稱職地做著她的工作，這時她收到一封由她不認得的號碼傳來的簡訊，內容寫道：「我有東西要給妳。」

當露莘達收到她不認得的號碼傳來的簡訊時，她喜歡在不詢問對方身分的前提下盡可能延長對話，想看看自己能否猜出答案。這是平凡人會做的相當正常的事，因為他們的生活在其他方面不夠刺激，所以他們必須替自己製造小小的懸疑，而由於露莘達非常平凡，她這麼做也是非常恰當的。

「你要給我什麼？」露莘達傳簡訊回覆。

「是個驚喜。」她不認得的號碼說。

「可以給我個提示嗎？」

然後露莘達看到表示那個人在輸入回覆的三個點。那三個點出現在畫面上整整一分鐘又三十四秒，然後回覆傳來了：「不可以。」

露莘達把手機放進辦公桌最上面一層抽屜並開始工作。

＊

十一點十二分，蓋文去H會議室的路上順道來了一下露莘達的辦公室。他經過門口時點點頭，說：「露莘達。」

露莘達點頭回應，然後去洗手間哭了十八分鐘。

＊

午餐時，黛比放下一份羽衣甘藍凱薩沙拉和氣泡水，並逗留了一會兒。

「謝了，黛比。」露莘達說。

「沒什麼啦。」黛比說。

她仍賴著不走。

「妳還有什麼事嗎？」露莘達問。

「妳不想知道妳的驚喜是什麼嗎？」

露莘達試著掩飾她的失望，原來跟她互傳簡訊的神祕陌生人只是接待員黛比。

「好啊，」她說，「我的驚喜是什麼？」

黛比從她的郵差包裡拿出一盒早餐穀片。「我想妳可能會想要這盒『肉桂糖爆炸燕麥方塊』。」

露莘達看著那盒「肉桂糖爆炸燕麥方塊」。「為什麼？」

「它有隨盒附贈一支小小兵手錶。」

「噢，」露莘達說，「真可愛。」

露莘達短暫地納悶了一下黛比究竟幾歲。如果要她猜的話，露莘達會猜二十二歲，但如果有人告訴她黛比是早熟的十四歲或保養得宜的五十八歲，她也會相信就是了。

「小小兵超好笑的。」黛比說。

露莘達說：「我該回去工作了。」

「好喔。」黛比說。

黛比離開房間，把那一盒「肉桂糖爆炸燕麥方塊」加上免費小小兵手錶留在露莘達的桌子上。露荸達用鉛筆把盒子推到旁邊，點開手機上的臉書程式。程式都還來不及載入，她又把程式關掉，然後更直接刪除它。接著她用電腦打開臉書，看著她的個人檔案。她仍然沒有換掉她的大頭照，這很愚蠢，但她覺得換掉它等於是承認了什麼——不是承認關係結束（因為關係當然結束了，不管露荸達想不想承認），而是承認她在乎。

那張大頭照是她在夏威夷，臉上掛著燦笑，一條手臂摟著她的腰。那是誰的手臂？從照片完全看不出來。從照片看不出來露荸達在聖誕假期跟男朋友去了夏威夷。從照片看不出來露荸達有個男朋友。從照片看不出來蓋文實際上沒有趁聖誕假期回東岸去探望家人。從照片看不出來，在五個月又八天的期間內，兩個人共享了美好、親密而真實的事物。沒有證據證明曾發生過這件事。沒有人知道。不過在照片裡仍然有一條手臂摟著她的腰——手臂的主人現在再也不會愛露荸達，用甜蜜的吻喚醒她，謊稱要回東岸探望家人，實際上卻花了一星期在夏威夷摟著露荸達的腰。倒不是說露荸達在乎。

對露荸達來說很重要的是，臉書上的所有人都必須明白，她到現在仍懶得換照片，是因為她就是這麼不當一回事，而不是因為她很死心眼之類的。畢竟這不是什麼悲劇愛情故事，她和蓋文，絕不是他們會拿來寫偉大歌劇的題材。他們會拿這種故事來寫勉強夠格的歌劇，觀眾主要只是歌劇作者的朋友，事後大家都只是待在大廳裡，試著想些好話來說，然後他們的朋友出來了，他們都嚷道：「欸！你好強喔！你寫了一部歌劇耶！哇！」

最讓露莘達惱火的是，他們還得當同事。蓋文仍持續存在這世界上，露莘達認為這很沒有禮貌。

＊

如果你是個觀察魏斯曼、齊茲曼、金錫律師事務所動態的臥底偵探，你或許會懷疑露莘達曾經跟蓋文有一段情，但你絕對猜不到他們的情愫是源自他對她說話的方式，還有她對他說話時她有什麼感覺，因為現在他們幾乎完全沒辦法交談了。每段對話都被大段大段的尷尬沉默給打斷——不過是以西班牙語的方式打斷，所以每個句子後面接著一段長長的尷尬沉默，前面又再加上同一段尷尬沉默，只是前後顛倒。

而且當他對她說話時，他叫她「露莘達」，這每次都像在她身上千刀萬剮，即使她知道這很愚蠢。不然他要叫她什麼？「小露」？怎麼可能。「無尾熊」？不。他之前會叫她無尾熊，因為她在床上會纏在他身上，像是無尾熊纏著樹枝。當時她把整個人生都纏繞著他，像是無尾熊纏著樹枝。現在樹枝沒了，露莘達必須面對事實：她的人生現在沒有纏在任何東西上——當然這是完全正常的。露莘達現在感受到的疼痛是正常的。空虛是正常的。現在徹底吞噬她的殘酷的燒灼的刺人的可怕的赤裸的荒蕪的執著的麻木的五百伏特的空無完全符合平均值。

✳

露莘達看著她的手機，只是看一下時間。她注意到她沒有收到任何新簡訊，就把手機放進辦公桌抽屜。這時她發現她沒有真的注意時間，所以又把手機拿出來。她注意到打從她不久前把手機放進辦公桌抽屜以來，她沒有收到任何新簡訊。她再次把手機放進辦公桌抽屜。這時她想起電腦上有時鐘。現在是一點零七分。她注意到她電腦上的臉書個人檔案還開著，好奇有多少人剛才在去H會議室的途中經過她辦公室，看到那張她在夏威夷、腰上還有條神祕男人手臂的照片。

露莘達的辦公室有個問題，那就是牆壁全是玻璃材質，而且它位於公司的中心位置，意思是你要去休息室或是洗手間或是H會議室的時候，都不得不直接看進她的辦公室。她以前很喜歡像這樣位於事物的核心——讓她感覺很重要。但現在她只覺得自己像魚缸裡的魚，隨時供人觀賞。要讓人看她身上漂亮的色彩。

她刪掉她的臉書帳號。

她決定一小時之內都不要再看手機了。

她在這一個小時內完成很多工作，也想了很多自己做了很多工作的事，以及她不再跟蓋文交往真是件好事，這樣她就能專心工作了。

在她跟蓋文交往之前，她常把一天中很大一部分時間花在想藉口去蓋文的辦公室找他上面，不過現在她沒在想那件事了，所以她真的可以提高生產力。在她跟蓋文交往之前，她在親手遞交某些研究備忘錄給蓋文之後，會在他的辦公室門口徘徊不去，並且莫名地由平常那個無趣的露萍達搖身一變成為機智又有魅力的另一個露萍達，圍繞著各種閃閃動人的話題侃侃而談，像是：那份研究備忘錄整理起來真是樂趣十足，還有：蓋文喜歡科羅拉多泉這座城市嗎？還有：她是在那裡長大的，他需不需要打聽一下科羅拉多泉有什麼好玩活動？還有（當他揭穿她吹的牛皮，說：「好啊，科羅拉多泉最好玩的活動是什麼？」）：噢，該死，呃——開車去別的地方？

有一天深夜，整個團隊都加班在校對某份狗屁不通的文件，他們才能在午夜之前提出訴訟，她在影印室親吻蓋文，他回吻她，全世界的人都近在薄得像紙的門的另一側，邊吃薄得像紙的披薩、邊對付厚得像磚頭的文件，露萍達感覺自己性感、大膽、美麗、迷人得要命。

當她跟他回家，隔天穿著同一套衣服來上班，每個去H會議室而經過她那魚缸辦公室的人都能看見，她也感覺自己性感、大膽、美麗、迷人得要命。

在接下來五個月又八天內，她和蓋文會用簡訊海嘯把對方淹沒——私密笑話和細微觀察，不過也包括偶爾承認「天啊，我在安卓莉雅的性騷擾課程上無法專心，因為我從頭到尾都在想我多麼渴望你扒掉我的衣服，在你的辦公室裡幹我」——這些訊息是在重要會議進行中傳送的，呼咻地越過他們被蒙在鼓裡的同事頭上，這些同事都只是過著他們無聊的、平庸的同事生活——這一切都讓她感覺自己性感、大膽、美麗、迷人得要命。

可是現在她明白當時那種感覺是錯的，因為露莘達根本不性感、大膽、美麗、迷人。她很平凡、普通、無趣、差強人意。

現在她知道了，不過老實說，她內心有一部分隱然一直都這麼認為。

＊

不管她到什麼地方，都有小小的細節提醒她她是多麼徹底的露莘達，提醒她她離傑出卓越有多麼遙遠。她試著打開一小盒柳橙汁，結果她沒辦法讓那愚蠢的盒子構造往正確的方向撕開，而且說實在的，為什麼他們到現在還放這些愚蠢的小盒柳橙汁在這裡，難道這間公司沒聽過瓶子這種東西嗎？結果她把柳橙汁灑得滿身都是，她心想：這是我活該。

下班時間到了，黛比問她是否要加班、需要準備晚餐，露莘達說：「不用。」

她經過蓋文的辦公室，它讓她想起蓋文。

她進了電梯，她在這裡頭吻過蓋文至少上百次，她心想電梯真是殘忍，提醒她這件事。該死的電梯，它好大的膽子！

到了停車場，她經過蓋文的BMW，它停在蓋文的停車位。

開車回家的路上，她經過一間店，店門口的廣告牌寫說「我們賣盒子」，這讓她想起有一次她對蓋文發飆，因為他總是拍哈洛德．魏斯曼的馬屁，對方說什麼笑話他都捧場。

「對了，」露莘達當時說，「我說的笑話你從來不笑。」

而蓋文說：「那是因為妳所謂的笑話，是走進一間門口有個大大的招牌寫著『我們賣盒子』的店，然後問櫃台人員：『不好意思，請問你們有賣盒子嗎？』」

「是啊，我幹這種蠢事的時候超好笑的。」

「妳第一次幹這種事的時候是有一點好笑。」

「哪有，每次都變得更好笑，我覺得你不能理解是件很奇怪的事。」

＊

露莘達給自己做了鷹嘴豆玉米糊當晚餐，並逼自己想像蓋文最愚蠢、最不性感的一面，像是有一次吃完午餐他們走向蓋文的車子，他說：「嘿，妳看這間可愛的植物店。」而露莘達心想：他剛才是不是稱這間花店為「植物店」？

露莘達想像自己有一天在致詞時說出這個故事，每個人都在笑。她為什麼要致詞？她在哪裡？那不重要。

「你知道嗎，」露莘達在她幻想的致詞中繼續說，「蓋文是那種以為痛恨早午餐是一種人格特質的人。」

人群發出更多笑聲。台下坐的是辦公室的所有人，還有蓋文所有的朋友和露莘達所有的朋友。

「蓋文是那種熱愛露營的人：他非常樂──意去露營，只是剛好在你邀他一起去露營的任何一個週末都不想去，不過說真的，他愛死了露營的概念，他絕對願意跟你一起去露營，任何一天都行，只要他能帶著他的丹普高級床墊以及白噪音機。」

幻想中的群眾哄堂大笑，蓋文擠出笑容並點點頭，表示他有抓到笑點，不過露莘達知道他在笑容背後怒氣沸騰，就像她每次在他朋友面前吐槽他時他都會生悶氣。

露莘達品味著他的痛苦，但她還來不及在他的傷口上繼續撒鹽，他便揚起眉毛，歪嘴一笑，像是在說：我還有什麼話好說？妳整到我了，小露。於是露莘達在一瞬間原諒他所有事。她發現她穿著結婚禮服。為什麼？噢，不！她是在她的婚禮上致詞，她跟蓋文的婚禮！怎麼會發生這麼可怕的事！她的幻想為什麼要這樣對她?!她立刻停止幻想。

＊

露莘達爬上床，思考什麼時候是辭職的好時機。她知道她不能現在辭職，因為蓋文會認為她是為了分手而辭職，而她不想給他那種權力感。

她考慮在她離開時順便羞辱蓋文，把他們用工作帳號互寄的所有淫穢郵件都印出來，貼在她的魚缸辦公室的玻璃牆上，讓所有人都能看到。

「這是什麼鬼？」蓋文會說，而他的同事和上司都聚集在露莘達的辦公室周圍，沉浸在他們全然以書信體構成的言情小說裡。

露莘達會看著牆上的紙頁，故作困惑貌。「噢，我只是希望在辦公室裡有點隱私，所以把窗戶都貼起來了；我根本沒注意我印了什麼東西出來。嗯，總之，我要辭職。」

「這不好笑，露莘達。」蓋文會大叫，露莘達會承認其實是不好笑。但也許露莘達已經失去搞笑的能力了。也許蓋文是對的——她原本就不是一個幽默的人。

露莘達想像蓋文衝進她的辦公室撕掉那些電子郵件，她驚覺這將是蓋文在她辦公室待得最久的一次。露莘達想到，在他們交往的整段期間，甚至包括他們共事的整段期間，他們主要的對話都是在他的辦公室進行的。蓋文很喜歡把頭探進露莘達的門跟她要備忘錄，或是在去H會議室的途中隔著玻璃牆朝她點點頭，但他們之間不論是性愛上或專業上的關係，所有的重要里程碑，都是在他的地盤立下的。

不過話說回來，她跟蓋文分手不是她想辭職的理由，所以她不能現在辭職，而且她辭職時不能讓人覺得這項決定跟蓋文哪怕有一丁點的關係。

事實是打從事務所讓凱倫．格拉斯曼當上初級合夥人，她就打算離開魏斯曼、齊茲曼、金錫律師事務所了。事實是露莘達打從一開始就沒有想在那裡工作；她只是算是誤打誤撞地坐上那個位置，就像她似乎總是誤打誤撞地遇見所有事。像露莘達這麼平凡的人與其說是過生活，不如說是生活如洪水般湧向她周圍，填滿任何應該被生活占據的空間。她甚至不確定她想當律師——她去念加州大學柏克萊分校法學院只是因為沒有別的選項來到她面前，而她猜想如果她回去讀書，她至少可以再拖個兩年不必作更多決定。

蓋文總是覺得這事超好笑——有人只是為了好玩而去念法學院、參加律師資格考試——當露莘達試著澄清：「我並沒有說『只是為了好玩』。」蓋文說：「不、不，我懂。」

然後他們讓凱倫．格拉斯曼當上初級合夥人。

＊

露莘達開車上班途中想著凱倫．格拉斯曼升職這回事。她經常在想凱倫．格拉斯曼升職的事。其實她挺喜歡凱倫．格拉斯曼這個人的，也為她的成功而開心。她其實沒什麼理由常常想到她升職的事，除了對露莘達來說，想這件事總比想凱倫升職最終造成的結果來得好過：那就是蓋文和露莘達為此大吵一架。

當時她問蓋文公司的合夥人有沒有考慮過拔擢她為初級合夥人，而蓋文說：「妳知道我不能回答這個問題。」

「很爛耶，」露莘達說，「如果我們不能替對方當間諜，偷偷在一起還有什麼意義？」她的控訴讓蓋文劍拔弩張，雖然嚴格說來根本沒有控訴——蓋文只是在別人說的所有話裡都聽到控訴意味，這很適合他跟他的心理治療師拿出來討論，如果他沒有把露莘達每次建議他去找心理治療師也都視為某種控訴的話。

「我們偷偷在一起的唯一理由，」他喃喃道，「是因為妳不想去找人資部報備。」

「是啊，但那只是因為我還想繼續做你的案子。如果我們去找人資部報備，我就得替哈洛德或喬爾工作，那我大概會自殺，那可會成為另一樁法律上的大麻煩。」

＊

露莘達現在花一早上的時間，試著不去想那段對話。今天上午她的生產力頗豐——她完成了很多「不去想」。

午餐她吃了一份羽衣甘藍凱薩沙拉。

午餐後，她轉為不去想下一段關於凱倫．格拉斯曼的對話，那段對話是三天後不小心冒出來的，因為她就是不能放下這個話題。她不停去抓凱倫．格拉斯曼這個癢處，在凱倫．格拉斯曼的狀況周圍嗅探，湊近到凱倫．格拉斯曼的樹林邊緣，在那座樹林入口處紮營，還生火，還烤豆子，直到（非常樂意偶爾去露營的）蓋文終於爆發了：「小露，別再提了，妳根本沒有機會得到凱倫的升職。」

「為什麼？」

「拜託，妳不能拿妳自己跟凱倫比。她真的把這當作事業來經營——她認同我們做的事。」

「我也認同我們做的事啊！」

「小露，妳知道我的意思。凱倫在辦公室吃晚餐，每天都加班到很晚。」

「我有時候也會加班啊！」

「並沒有！妳以前會加班，但那只是為了跟我調情。」

「你從來沒說過我應該要加班！」

「我才不會跟我的女朋友說她必須加班。再說，妳甚至不是真心想當律師。」

「我想好不好，算是吧！」

「得了吧。這個地方對妳來說是個笑話。妳總是在寫搞笑的研究備忘錄，像是『那個裸體淑女』或什麼鬼的。」

「好，首先，那個樂團的名字就叫『裸體淑女』，前面不用加『那個』。」

露莘達確實曾經花了好幾小時的私人時間，針對加拿大搖滾樂團「裸體淑女」製作了一份研究備忘錄，特別著眼於調查當時的主唱史蒂芬．佩吉在他們一九九八年的熱門單曲〈一星期〉中，是否刻意裝出美國腔來演唱。

她注意到這首歌的歌詞「IT'S BEEN」膾炙人口，但「been」這個詞被發成「bin」的音，是美式發音，而加拿大式的發音應該是「bean」才對。更值得注意的是，經常重複的歌詞「sorry」也用美式的發音發成「sawry」，而不是加拿大式圓潤的「soary」。

在網路上搜尋史蒂芬・佩吉的訪談影片和聲音檔後，她發現他在平常對話時確實是用加拿大的方式發「been」的音，這表示他在錄那首歌時（有意或無意地）裝出美國口音。

露莘達找不到任何針對這個主題的文獻或分析，所以她不得不作出自己的結論，也就是以下之一：

一、史蒂芬・佩吉主動壓抑他的加拿大口音，因為有人告訴他如果他聽起來更像美國人，他的音樂在全世界會更成功，

二、他潛意識地壓抑自己的口音，因為他已經將上述想法內化了，或是

三、這首歌本身是由一個住在美國的角色為出發點而唱的，而且實際上含蓄地諷刺了美國文化。

所以，對，露莘達是針對「裸體淑女」寫了一份備忘錄，還發給辦公室裡另外幾個律師看，但那不表示她沒在做這件事的時候，就沒把她的工作當一回事。

「再加上，」蓋文繼續說，「妳總是亂說喬爾很愛毛手毛腳。」

「我才不是『亂說』——」

「妳知道我的意思。」

「你認為凱倫．格拉斯曼從來不抱怨喬爾嗎？」

「我只是說妳和凱倫要的東西不一樣。」

「你並不知道。」

「小露，面對事實吧。如果我們明天就結婚，而我說妳永遠不必再工作，妳還會想為魏斯曼、齊茲曼、金錫律師事務所寫研究備忘錄嗎？」

所有空氣一定都覺得尷尬得要命而離開房間了，因為露苹達突然吸不到空氣。

「那他媽算什麼？求婚嗎？」

「不是，我只是打個比方。」

「打什麼比方，說我不是當合夥人的料，因為我是當老婆的料？」

「妳知道我不是那個意思。」

「我真的知道嗎？」

「好了啦。妳累了，我們睡覺吧。」

＊

那段對話結束後過了兩天十一小時又四分鐘，露苹達正在撰寫備忘錄，探討把偷偷加了雞高湯的湯端給吃素的遊民喝這種行為的合法性時，蓋文傳簡訊給她，問她能不能去一下他的辦公室。

「可以請妳把門關上嗎？」

她關上門。

「我欠妳一句道歉。」他說。

「不……」

「我可能對妳想從這份工作得到什麼有錯誤印象。我們的關係可能干擾了我的判斷力。」

露苹達覺得考量到一切狀況，他能說出這番話還真是成熟，所以她說：「謝謝。」

「我也覺得如果妳認真把這當作妳的事業，那麼也許這對我們兩人來說都不是對的事。」

「也許什麼東西不是對的事？」

「露苹達，請妳不要裝糊塗。」

「我不是裝糊塗，」露苹達說，「我是真糊塗。你現在是要跟我分手？還是炒我魷魚？」

蓋文大笑，說：「噢，天啊，不是！」

露苹達稍微放鬆了，說：「噢，好吧。」

「妳沒有被炒魷魚啦，我只是要分手。」

露莘達迅速收回剛才放鬆的那一點點，並大叫：「什麼?!」

「拜託不要把場面鬧大，」蓋文說，「我這麼做是因為在乎妳。」

「你在上班時間跟我分手？誰會做這種事？」

但露莘達知道誰會做這種事。不希望被他提分手的女人把場面鬧大的那種男人就會做這種事。

「我們可以好聚好散。事實是我們都不真正了解對方追尋的是什麼。」

露莘達點點頭，回到她的辦公室，想著多麼不可思議，蓋文能夠在同一段對話裡跟她分手，又不為她升職，同時還說「我欠妳一句道歉」卻沒有真正道歉。

＊

可是現在，露莘達已非常擅長不去想那些事了。事實上，那天晚上她失眠了，因為她太專心不去想。

＊

露莘達醒來，星期五到了，她簡直不敢相信她費了多大的工夫才來到星期五。每一天都感覺漫長得不可思議，卻又同時空虛得不可思議。這一週是由永無止境的瞬間連綴而成的，每一瞬間都被空虛密實地填滿到溢出來的程度。

下班時間到了，黛比晃進露莘達的門口。

「要我幫妳買晚餐嗎？」她問。

「今天晚上不用，謝了。我馬上就要走了。」

黛比朝著走廊左右張望了一番，然後把身體更探進露莘達的辦公室。「嘿，我可以跟妳聊一聊嗎？關於『肉桂糖爆炸燕麥方塊』？」

露莘達說：「妳知道嗎，我正希望妳找我聊呢。」

「我猜妳會覺得有點沒頭沒腦，事實是我想直接買一支錶給妳，但凱莉會檢查收據，而我覺得那看起來不太好，不過我想『肉桂糖爆炸燕麥方塊』是食品類，所以嚴格說來是沒關係的。」

露莘達看著盒子正面印的免費小小兵手錶照片。「黛比，妳為什麼想買手錶給我？」

「唔，有時候我去H會議室經過妳辦公室時看著妳，我——」

「妳看著我？」

「不是，不是很詭異的那種看法——我的意思只是我會看到妳。」

「好。」

「我看到妳經常看手機，每次妳都會露出生氣的表情。我好難過，我好想進來抱抱妳——我知道那很不恰當，不過我想：也許我幫她買支錶，她就不用那麼常看手機了。」

露苹達眼光回到盒子上，再回到黛比臉上。她心想黛比是多麼純真啊，多麼年輕而未受汙染。她心想真是悲哀，有一天黛比會愛上某個人，那個人一開始會欣賞她所有的特別之處，但最終會學會把她視為理所當然。她心想這個人不配擁有黛比，這個人不知道被一個這麼柔軟的人所愛是多麼珍貴的事。

「妳知道嗎，妳比我們上一個接待員好多了。」

黛比臉紅了。「噢，我只是盡力而為。每天早上我都提醒自己：黛比，妳要盡力而為，那是妳唯一能做的事，而且那就夠了！」

露苹達意識到這可能是她們兩人進行過的最長一段對話。「妳去念法學院的時候我會想妳的。」她說，「妳要申請哪一所學校？」

黛比笑了。「噢，天啊，不，我沒有——不。我絕對進不了法學院的，我在這樣的公司幫忙就很滿足了。我覺得這些男生做的事都很重要很棒。」

「只有男生？」

「抱歉，女生也是。我沒有冒犯的意思。」

露莘達微笑。「我覺得妳可以當個好律師，妳觀察力很強。妳應該參加法學院入學考試。」

「我考過，」黛比說，「三次。」

「噢。」

「沒關係，」黛比說，「妳知道，我以前超失望的，但事實是只要時間夠久，什麼事都過得去。這是送錶的另一層用意，第一層用意是妳不用看手機。第二層用意是妳能記得時間一直在走。對大部分的事來說，其實唯一要做的就只是給它時間。」

「嗯，再次感謝妳。」露莘達說。

黛比點點頭。「妳知道嗎，我一向認為我會成為律師，但我的人生算是奉行這樣的法則：嘿，如果不該是妳的……妳懂嗎？」

「嗯，」露莘達說，「我好像寫過那條法則的備忘錄。」

黛比笑了。「妳真的很好笑。」

好吧，露莘達想：原來我很好笑。

不，她心想：我是真的很好笑。我的好笑高於平均值。

＊

星期一，蓋文來到露莘達的辦公室，問她那份關於雪貂在科羅拉多州能不能被歸類為服務動物的備忘錄寫得怎麼樣了。

露莘達說：「我還可以，謝了。」

事實是她確實還可以，在整個系統中沒有像「好」那麼好，但比「糟」要強得多。

「我喜歡妳的錶，」蓋文說，「小小兵。」

「是啊，」露莘達說，「小小兵。」

她把目光移回電腦螢幕，繼續工作。

更像原本的你

基本上，當美國總統是世界上最簡單的事。你最主要是得準時出現。這我很清楚，因為有一次我大概遲到三分鐘吧，那基本上還算是符合準時的定義，結果古塔先生差點沒把我的頭咬掉。

六點十五分的意思就是六點十五分到，他表示。

而我表示：對不起啦，塞車——那甚至不是我遲到的真正原因，我只是現在都這麼說了，因為以前我還在酷食熱潛艇堡連鎖店打工時有一次遲到了，我跟主管說是因為蕾夢娜的關係，一開始他表現得真的很和善，但我看得出來他很失望，後來大概過了一星期我就被炒魷魚了，因為他說我的「家庭狀況」影響了我的「工作表現」，那根本不是事實，因為我還是可以做潛艇堡做得又快又好，不過總之，現在如果我遲到了，我只說是因為塞車。

所以接著古塔先生表示：如果你不能把準時出現在這裡當作你的優先事項，我相信我能找到願意這麼做的人。

我想要表示：拜託，老兄，我就遲到三分鐘而已，但我知道他會表示：看看我們又多浪費了多少時間來爭論這件事。當然，那時候我可以表示：是啊，可是沒人逼你跟我爭論，你可以讓事情就這麼過去——但關於古塔先生，你要知道的一大重點是，他從來不會讓任何事就這麼過去，所以你通常直接斷尾求生比較好，如果你想當總統的話，我猜這也是你必須知道的其中一件事。

所以我反而表示：很抱歉，先生，我不會再犯了。

所以接下來你要去服裝部找愛蜜卡，去領你的人偶裝。你應該要給愛蜜卡看你的園區證，上頭有你的照片和你的總統編號，這樣她才知道要給你穿上哪一套人偶裝，但如果你不是第一天上班，愛蜜卡就知道你是誰，你還沒拿出皮夾之前她就已經去取你的人偶裝了。

你走進那個房間，愛蜜卡臉色開朗起來，表示：哎呀，這不是亞瑟總統嗎！嚴格說來她不該這麼說的，因為根據園區的政策，你在換上人偶裝之前都不是真的亞瑟總統。關於這一點，園區的政策非常明確——我猜是因為有一次，湯瑪斯．傑佛遜在城裡到處嚷嚷：我是湯瑪斯．傑佛遜，想要藉此得到免錢的好康，像是奶昔什麼的，還勾搭妹子，等這事傳回園區的管理階層，古塔先生被公司的那些人叮得滿頭包，所以接下來我們都被古塔先生叮得滿頭包。

總之，愛蜜卡真的很隨和，而且她很會說故事，雖然其實她的故事都沒什麼重點。我想主要是她講述的方式引人入勝吧。像是故事內容可能是這樣：泰迪·羅斯福掉了一顆釦子，愛蜜卡得縫一顆新的上去——可是從她說的方式，你會覺得這是世界上最有趣的故事，充滿轉折和英雄和反派。有一次薇樂莉連值兩班，因為我猜愛蜜卡要去參加婚禮之類的，我走進服裝部，在早晨看到薇樂莉，那天可能是我人生中最黑暗的一天。同時，醫生也是在那一天告訴我們蕾夢娜的病擴散到骨頭了，所以那絕對是很糟的一天。我並不是說這兩件事一定有關聯，也就是薇樂莉替愛蜜卡代班、還有我妹妹的病擴散到骨頭的這兩件事；我只知道每天早上有愛蜜卡在的時候，我的心情會好得多。我對薇樂莉沒有意見——我只是更喜歡愛蜜卡。

總之，你向愛蜜卡領到人偶裝以後，就進到更衣室把你的巨大頭顱套上，然後——嗒啦！——你是個總統了。切斯特·亞瑟這個總統是最好當的，因為基本上你只要站在橫跨在「種族不寬容之河」上的「通往更好的明天之橋」旁邊的「拉瑟福德·伯查德樹籬迷宮」入口外頭，有時候林肯會經過，然後遊客會請你幫他們跟林肯拍照，而你表示：好啊，我是切斯特·亞瑟，我閒著沒事幹。

好吧，有時候感覺像是：如果你只能當切斯特．亞瑟，當總統有什麼用呢？我是說，有另一個傢伙跟我同一天開始上班，而他可以當富蘭克林．羅斯福，這是雙倍的肥缺，因為首先，每個人都愛小羅斯福，但更美妙的是你可以整天坐著，除了在《賓夕法尼亞大道一六〇〇號諷刺劇》演出中，你的「新政」歌曲結束時，你要站起來大約五秒，而那還真是件他媽的苦差事啊。你光是站起來就能獲得熱烈掌聲，甚至不用像卡爾文．柯立芝還得跳一段軟鞋踢踏舞。不過，當小羅斯福也有倒楣的地方，那就是你得背下一大堆跟小羅斯福有關的史實，而他大概當了一百年的總統，遊客總是會來到你面前，問些類似這樣的問題：「我們唯一要害怕的是什麼？」「你到底對日本人有什麼不滿？」如果你回答得哪怕有一點差錯，某個小鬼的混蛋爸媽就會向園區管理階層投訴，然後你知道古塔先生就會把你叮得滿頭包，所以如果沒有意外，說實話，我寧可當切斯特．亞瑟。

有時候班傑明．哈里森會晃過來待兩個鐘頭，這還算不錯，因為至少我有人可以說說話。班傑明．哈里森人還可以，只要你別開啟他在網路上買了加大尺碼性愛娃娃這個話題。你可能以為要避開這個話題真的很容易，因為加大尺碼的性愛娃娃出現在日常對話的機率能有多高？但哈里森花了大概八百美元在這玩意上頭，我猜你在某個東西上花了愈多錢，你就會愈想談那個東西吧，即使那東西是你用來洩欲的巨大矽膠女人。

他表示：通常這種東西要賣幾千元，但我買得很便宜，因為我是買二手的。

我表示：酷喔，老兄。

他表示：有的人覺得這樣很怪，但我不覺得怪。這只是自慰而已，每個人都會做。

我表示：嗯。

他表示：如果我跟你說花八百元就能擁有畢生最棒的性高潮，你不會接受這筆交易嗎？

在我看來這個問題簡直是瘋狂，因為我甚至無法想像一下子拿到八百元，而它們就這麼散落在我面前，等著我處置。我是說，你能想像這種感覺嗎：啊，我該拿這將近一千元怎麼辦才好呢？我猜我可以用它來付半個月的房租，讓我和我媽還有我妹能住在這間破爛的公寓裡，或者我可以找一位漂亮的女士帶她出去吃一頓像樣的晚餐，譬如說去一間有布做的餐巾什麼的餐廳。或是我把有線頻道方案升級一下，加入那些酷炫的電影台，這樣蕾夢娜就不用整天看沒水準的脫口秀？噢，等等！我知道了！我何不上網看看能不能買一個假的塑膠女人，讓我能射在裡面？

我甚至不知道我要把那玩意存放在哪裡。我是說，你也得為它買個專用的櫃子嗎？我哪有空間這樣瞎折騰啊。哈里森把他的放在廂型車後面，但我猜如果是我的話，只能放在客廳了？

我相信蕾夢娜會得到很大的樂趣。她會給它取名字，像是諾琳什麼鬼的，等我下班回家，她會說：你的新女友諾琳和我一起過了超棒的一天。你知道諾琳以前是網球神童，後來不幸中風才全身癱瘓嗎？很令人著迷的女性。優雅的女士。

然後老媽會把我拉到一邊說：你得把那個東西處理掉。蕾夢娜整天都在對它說話，她還要我泡茶給它。

然後我會把它帶回我房間，試著蹂躪它，但我卻不斷想到她是個中風的網球神童這件事有多麼悲哀。所以綜合評估下來，我大概最好不要買加大尺碼性愛娃娃。

但班傑明．哈里森百分之九十的時間都不是個壞人。而且有時候他有些有趣的事可以分享，譬如有一次，他去看了新上映的《X戰警》電影，然後在星期一把整個劇情講給我聽，我就不必自己買票去看了。他這麼做還滿有人情味的，他其實沒有義務這麼做。他甚至示範了幾幕動作場景。他也總是對園區內發生什麼事瞭如指掌，因為他總是到處晃，所以有時候他能告訴你類似這種狗屁倒灶的事：有個小鬼頭尿了詹姆斯．門羅一身都是。這超好笑，因為首先呢，如果你對詹姆斯．門羅哪怕只有稍稍一點認識，你都會覺得：去他的。但也因為，第二，「開國元勛廣場」可能是離服裝部最遠的一個地方了，所以你想像看看門羅必須帶著滿身童子尿穿過整個園區，而光是想像那畫面就可以讓你整個禮拜都覺得超療癒。

所以，不管哈里森什麼時候想聊他放在廂型車後面的加大尺碼性愛娃娃，即使我很想說：「老兄，他媽的閉嘴啦，沒人在乎」，但結果我說出來的卻都是：「拜託，老兄，這裡有小孩子耶。」通常這麼說就行了。

如果園區裡有遊客想跟你說話——基本上這只會發生在跟某一個重要總統說話要排隊排很久的情況下——你只需要知道關於切斯特．亞瑟的兩件事：第一，我是因為加菲爾德總統惹毛某人結果被暗殺，才會當上總統的；第二，我最大的政績就是簽署通過《潘德頓法案》。然後，如果有人問你什麼是《潘德頓法案》，你何不乾脆從地面往上一跳，飛到好萊塢去親某個超級名模的嘴，因為你現在絕對在做夢，不誇張，真的沒有任何人追問過《潘德頓法案》是什麼。

然後一天結束後，你換掉人偶裝，交還給服裝部的薇樂莉，或有時候是愛蜜卡，如果薇樂莉和愛蜜卡換班的話。我喜歡在早上見到愛蜜卡，因為那樣感覺就會是美好而正常的一天，不會出什麼意外，但如果愛蜜卡和薇樂莉換班，我下班時才見到愛蜜卡，我猜那也不是世上最糟的事啦。唯一的問題是，我覺得把我沾滿臭汗的人偶裝交給愛蜜卡去清理有點過意不去，我猜對愛蜜卡來說值晚班就是有這點壞處。我喜歡想像愛蜜卡早上來上班，從烘乾機把我的人偶裝拿出來，它又乾淨又暖乎乎的，她甚至可能把臉貼到切斯特．亞瑟的胸口上，感受一下熱度。

總之，標準的一天差不多就是這樣，或者該說在一切急轉直下之前是這樣。急轉直下的這件破事當然是星期天開始的。破事總是在星期天開始，我猜是因為那是我們的最後一天，所以如果管理階層想要作出什麼搞得天下大亂的改變，大家還能趁著「週末」冷靜一下，我們的週末就是星期一，而等我們星期二回來上班時，就好像什麼事都沒發生過。

總之，在破事開始的那一天，我本來狀況就不好了，因為前一天晚上蕾夢娜對她用的新藥物產生不良反應，所以我徹夜沒睡，在她每二十分鐘嘔吐一次時陪著她。我們試著把它變成一種遊戲，每次她要吐時，我就問她最喜歡的東西的相關問題。

嘿，蕾夢娜，妳覺得德瑞克的新專輯如何？

嘔。

真的嗎？妳以前很愛德瑞克耶。妳不喜歡新歌？

嘔。

哇，好強烈的反應。我看我得把妳手機上德瑞克的歌都刪掉了。我看妳現在很討厭德瑞克了。

蕾夢娜雖然還在嘔吐，但她露出笑容，對我表示：你真蠢。

我很慶幸我可以陪在蕾夢娜身邊逗她笑，不過結果是我隔天上班時真的很累，而破事開始發生時，你可不會希望自己身處那種狀態。

當時，范布倫已經休假差不多一週了，原因是他在煙火秀的時候掏出他的老二，對著一群聽障兒童揮舞。他試著解釋說他不是變態，他只是搞錯聽障兒童跟視障兒童的差別。我猜古塔先生並沒有接受這套說詞，因為一週後，從上頭傳來的風聲表示范布倫不會回來了。而且不只是那個范布倫而已，哈里森說，從今以後不會有任何范布倫。

我不懂。我表示：什麼，我們就這樣沒有范布倫了？

哈里森表示：你會想他嗎？

接下來發生的事是，古塔先生在下班時間召開全體總統會議。全體總統會議可是件大事。大部分時候，新消息會以小組的方式公布，而等他們叫我這一組進去的時候（我是第五組），消息早就傳開了。就我記憶所及，上一次召開全體總統會議是因為麥迪遜對一位遊客種族歧視，所以古塔先生把我們同時聚集起來，好告訴我們：不准種族歧視。而麥迪遜表示：可是萬一你扮演的傢伙真的有種族歧視呢？譬如說，萬一他蓄奴呢？而古塔先生表示：嗯，好，但還是一樣：不准種族歧視。

這次的會議主題是范布倫。

古塔先生表示：我相信各位都在納悶范布倫為什麼不在這裡。

富蘭克林．皮爾斯表示：因為他把老二秀給那些聽障兒童看。

古塔先生變得很慌亂，表示：不——嗯，對，但那是——

他花了點時間恢復鎮定。

古塔先生表示：我相信各位都在納悶湯瑪斯．傑佛遜為什麼不在這裡。

我看了看周圍。我原本沒有注意到，但傑佛遜確實不在。事實上，很多人都不在。

古塔先生微笑表示：我相信你們在想，少了安德魯．傑克森，或是詹姆斯．門羅，或是約翰．亞當斯，或甚至是……喬治．華盛頓，我們下星期要怎麼開放園區?!

我看向周圍。是啊，挺奇怪的。

唔，古塔先生繼續說，如果我告訴你們，我們只需要雇用一個人力，就能得到十個總統呢？而且不只是讓人假裝成總統——而是真正的總統？

就在這時，「沒人可以進去的額外辦公室」的門開了，一位穿著套裝的白人女士倒退走入開放辦公區域，手裡握著一條長鐵鍊。她對著額外辦公室呼喚：來吧。來吧，夥伴。

「沒人可以進去的額外辦公室」裡傳出一聲低吼，班傑明．哈里森和我面面相覷地表示：唔，苗頭不太對，嗯？

那個白人女士看著我們，露出白人女士式的笑容，表示：他很害羞。

現在古塔先生整個心浮氣躁，好像他大費周章召開會議什麼的，結果現在鍊子另一頭的不知道什麼東西——我猜那東西是整件事的重點——卻根本不肯出來。古塔先生表示：他到底出不出來？

那女士不理會古塔先生，只是繼續望著房間裡面，說：來吧，夥伴。

低吼聲變大了，然後這個被拴住的……東西出來了——一個三公尺高、令人望而生畏的大巨人，每一下呼吸都讓胸口劇烈起伏，眼珠暴凸，下顎前伸，像是由很多個人拼湊而成的扭曲布娃娃，硬塞進一套鈕釦只扣了一半的殖民地服裝。現場充滿倒吸一口氣和「我的天啊!!」和「搞什麼鬼?!?!」的聲音，那女士用蓋過我們的音量宣布：請不要嚇著他，他很情緒化。

古塔先生大喊：安靜？請大家為我們的客人安靜一下好嗎？

甘迺迪表示：呃，啊，那東西到底是什麼？

那女士表示：你不該問那東西是什麼，而該問那東西是誰。

古塔先生笑逐顏開：你知道嗎，你們很多人或許都忘了「總統樂園」有多麼重要。你們很多人覺得也許這裡充滿樂趣和遊戲，但其實「總統樂園」對家庭來說是很有教育意義的場所。許多令人尊敬的人士都認為我們在這裡做的是很高尚的事業。

我望向那個魁梧的人形物體。牠在流口水，打量周圍的模樣像是在搜尋出口。

我為法蘭克．費爾丁工作，白人女士說。

每個人都呆望著她，表示：誰？

她不悅地又說了一遍：法蘭克．費爾丁？法蘭克與費莉西緹．費爾丁基金會？贊助今日建立明日的解決之道，留待明日對付昨日的難題？

我表示：噢，對喔，因為我滿確定有在廣告中聽過這句話。

那位女士現在笑容咧得很開：法蘭克．費爾丁真的很有遠見，是能影響趨勢的大人物。有些人說他就像新一代的史蒂夫．賈伯斯，但我其實認為他更像切．格瓦拉跟甘地的綜合體——如果切．格瓦拉和甘地是億萬富翁的話。

哈定表示：聽起來好像妳喜歡上法蘭克．費爾丁了。

那女士表示：我並沒有喜歡上他，因為他是我老闆，再說他有太太了，所以那是不可能的。

請不用理會哈定總統，古塔先生用咳嗽般的聲音說；他很失禮。

那女士繼續說：我們法蘭克與費莉西緹．費爾丁基金會的人認為你們這邊做的事很重要，也很必要。畢竟，總統不就是歷史的創新者與擾亂者嗎？

胡佛大叫：對啊，不然呢？胡佛那群白痴好麻吉開始傻笑，古塔先生表示：各位，拜託一下。

那女士繼續說：可是，如果你能實際體驗歷史，為什麼還要去記得歷史曾經是如何？我們費爾丁企業研究實驗室的人員藉由我們開國元勛隔了很遠的後代的樣本，成功重建他們百分之十二的基因組，準確度達到百分之八十八。有了這份DNA資料，以及世界上最強大的4D列印技術，我們就能打造出我們要送給園區的可免稅禮物——華亞傑麥．門亞傑范哈泰。說聲哈囉，華亞傑麥！

她拉扯鐵鍊，那頭野獸從喉中發出悲苦的哀鳴。

華亞傑麥．門亞傑范哈泰是最早的十位總統的基因的完美結合，古塔先生得意地宣布。

華亞傑麥．門亞傑范哈泰！那位女士複述。華盛頓！亞當斯！傑佛遜！……以此類推！

古塔先生繼續說：不只是穿人偶裝的人喔，我告訴你——這傢伙是真正的總統，噢糟了，他吐了。

果不其然，這東西現在吐了滿地——真的是把一塊塊的嘔吐物像用消防水管一樣噴得到處都是。我有一點想問那怪物覺得德瑞克的新專輯怎麼樣，好消除尷尬，但我知道在那白人女士面前大概最好別造次。

她開始撫摸他散亂的頭髮，說：沒關係，這很正常。大家都會這樣，華亞傑麥。這很正常。

古塔先生表示：請不要在意嘔吐的事。一旦我們控制住嘔吐，孩子們和各個年齡層的園區貴賓都會很喜歡華亞傑麥．門亞傑范哈泰的！

會議到此結束。

＊

星期二早上，我在服裝部問愛蜜卡她有沒有看到園區的新成員。

看到了，她表示。不然你以為那東西的服裝是誰做的？

我立刻覺得自己這問題問得很蠢。愛蜜卡當然會知道這件事，因為服裝部離古塔先生的辦公室很近，而且就在「沒人可以進去的額外辦公室」隔壁。

她拉上我人偶裝背後的拉鍊，我表示：妳覺得牠怎麼樣？

我覺得牠滿巧妙的，她聳聳肩說。很有科學性什麼的。

我表示：是啊，我了解那個部分——我確實絕對了解那個部分——但我猜從我的角度來看，我的想法是：科學幹嘛不放輕鬆點呢。妳懂嗎？我的意思是，科學這東西，幹嘛發展得這麼快這麼急呢？

她表示：是啊，嗯，我也懂你的意思。不過我喜歡那雙眼睛。

眼睛？

華亞傑麥的眼睛？你有看到嗎？

我得承認，我沒花多少時間往那個嘔吐怪物的眼睛裡凝望。

它們充滿靈魂，她表示。那雙眼睛見過很多事。十位總統，對吧？

我表示：他們是這麼說的。

愛蜜卡變得若有所思：一個身體裡有十個人——我感覺那裡頭一定發生很多事吧——我是說，在他沒有嘔吐的時候。

我表示：我猜那裡頭無奇不有。

她對我露出詭祕的笑容說：應該吧。

我喜歡愛蜜卡的一點是，她看事情的角度很特別。譬如說華亞傑麥．門亞傑范哈泰不只是個怪物，而是共用同一個身體的十個人，而且有一雙充滿靈魂的眼睛。這很滑稽，不過也滿窩心的。我並不真正懂這件事的科學原理，所以我不真正知道她的想法究竟對不對，不過如我所說，這種視角滿有趣的。

午餐後班傑明．哈里森晃過來我的崗位，我告訴他愛蜜卡說的話，說華亞傑麥是十個人什麼的，哈里森覺得這超好笑。

聽著，老兄，他說，我整個早上都待在「開國元勛廣場」，我告訴你，那傢伙連一個人的工作都做不好。

我表示：是喔？

而他表示：那傢伙像繩球一樣被綁在一根柱子上。他大部分時間就只是坐著，拿塊石頭一直戳地。每隔一會兒他會突然嚷出一句話，像是「不妥協真是愚不可及」，但多數時候他只是悶哼還有跌倒。

我表示：聽起來那些科學家可能多放了一點詹姆斯．門羅在他身上。

哈里森表示：哈哈。

＊

與此同時，蕾夢娜需要去診所看血檢報告，而老媽要我一起去，怕有壞消息。那天當然是星期四，星期四是最不適合請假的日子，因為星期四是校外教學的熱門時段。

我試著告訴老媽：我這裡狀況有點詭異，現在不是請假的好時機。

她表示：對不起喔，你妹妹挑了個不好的時機生病，她怎麼這麼自私咧？

我表示：為什麼我非去不可？如果是壞消息，我去有差嗎？

老媽表示：蕾夢娜需要知道有你作她的後盾。

我表示：我作她後盾的方式，就是去上班，領了薪水付我們的房租和她的醫藥費。

老媽表示：你就問問看可以嗎？

所以星期三下班後，我就像個白痴一樣坐在古塔先生的辦公室外面，等著他開完不知道他在開的什麼會。我坐在他放在辦公室外等候區的小巧椅子上，隔著牆壁聽到他在叫：大家都在問：華盛頓到哪去了？安德魯．傑克森到哪去了？而他們對妳的……令人困惑的模擬物並不滿意。

我聽到那個白人女士說：好，我收到你的回饋了，我正在吸收這項資訊。在我聽來，我們是對試行計畫太大膽了點。很顯然，我們在單一混種上施加太大的壓力，試圖捕捉華盛頓和傑克森等等這些傢伙的魔力。

古塔先生表示：我是說，那些是我們最受歡迎的其中幾個總統。

唔，不然你把原本那十個重新雇用回來，我們再給你個新的混種如何？用來取代你最

「不」受歡迎的十個總統？這樣對你來說風險很低，我們也有機會解決相關問題。

古塔先生表示：老實說，我對這整個一下子複製十個總統的點子已經有點敬謝不敏了。也許我們應該維持讓人穿人偶裝的做法就好。

白人女士表示：古塔先生，聽你這麼說我真是既訝異又失望。你難道不記得你的上司們跟費爾丁企業簽了合約，讓我們持有園區的股份，這樣我們才能驗收測試新的生物科技？我真的很不想為了這事跟你對簿公堂，尤其是因為基金會的所有人仍然滿懷熱情地相信，「總統樂園」是有偉大使命的，而我們的工作也有很高的潛力，可以讓歷史活過來。

古塔先生表示：拜託，沒有人需要上法庭。

那女士表示：我完全同意。所以，那方面我們絕對有共識。再加上，華亞傑麥的首次亮相很不幸地時機尚未成熟這一點，我們也有共識。我們都有點太興奮了，這並不是犯罪。這就是我們為什麼要做嘗試。我們需要容許自己失敗，才能在失敗中成長。我們用不同的總統再試一次，好嗎？

古塔先生表示：我們可以試試看。

那女士表示：地位較低的總統？

古塔先生表示：好。

那女士表示：好極了。我就知道你很講理。

嗯，我或許不是總統禮品店裡最鋒利的一把奶油刀，但我也不是徹頭徹尾的智障，所以我知道這對親愛的切斯特．亞瑟來說不是什麼好消息。

我壓低身子穿過走廊進到服裝部，哈里森還在那裡，正在脫人偶裝。我把整件事告訴他，他表示：唔，我們完蛋了。

我表示：不會吧，真的嗎？

他表示：聽著，老兄，我是班傑明．哈里森——比較沒有名氣的那個哈里森總統。你稍微思考一下這項事實，我比只當了一個月總統的傢伙還不重要。而你是切斯特．亞瑟，你最主要的成就就是《皮巴迪公投》之類的廢話。

而我表示：是《潘德頓法案》。

誰在乎？我們保證輕鬆打進倒數前十名，不管從什麼角度去看。如果他們要除掉十個總統，你死定了，我也死定了。

我回家時老媽問我請假的結果如何，我只說行不通。

她表示：什麼叫行不通？

而我表示：有時候有些事就是行不通，老媽。

所以現在我想我在園區的日子已經不多了。別誤會，這真的很衰，因為我們現在真的需要錢，但我想我並不會太懷念園區本身。我絕對不會懷念在這裡工作的那些討厭又愚蠢的總統。

＊

我小時候會來「總統樂園」玩，還夢想有一天能成為總統——我的想像力就是這麼狹隘又愚蠢，我認為穿上大大的西裝，套上泡棉做的大頭，在主題公園裝模作樣，就是擁有身分地位和世故老練的表徵了。事實是這地方充滿混蛋，而結果證明，你讓混蛋來當總統，就代表你會有一個混蛋總統。應該不難猜到吧——當上總統並不會改變你，其實不會；它只會更加凸顯你的本性。

但我會懷念服裝部的愛蜜卡，或許是不能每天都見到她的想法讓我悲從中來，又或許穿著人偶裝一直曬太陽讓我頭昏腦脹，又或許反正我大概快被炒魷魚了，我什麼事都不在乎了，總之不管原因為何，我決定問愛蜜卡下班後要不要找個時間一起喝一杯。

我一問完她就後悔了，因為首先，她當然不會答應，第二，我能帶她去哪？我會去的唯一那間酒吧是保齡球館後頭的酒吧，你不能真的帶女生去那裡，因為那裡充滿想要推銷洗手乳給你的怪老人，都是因為去年有一個直銷老鼠會在城裡某幾區風行的緣故。我覺得如果我試著帶愛蜜卡去一間高級酒吧——像是葡萄酒吧或是高檔俱樂部之類的——保鑣會看我一眼說：你在開玩笑嗎？而愛蜜卡會看著我說：你知道嗎，我原本沒發現，但現在仔細想想，這位保鑣言之有理，我是指「你在開玩笑嗎？」這部分。

但這時我把上面這些內容全忘了，因為愛蜜卡說：好啊，我想去。

所以現在我在想：去他的《潘德頓法案》，因為切斯特．亞瑟最新的重大成就，是成功約到服裝部的愛蜜卡下班後找個時間跟他喝一杯。

整個星期我幾乎都飄在半空中。即使當老媽跟我說診所的結果不太好，我都不禁抱持樂觀想法。我進到蕾夢娜房間，坐在她的床沿，表示：診所，他們懂個屁，對吧？

蕾夢娜又是笑又是咳嗽，表示：一群庸醫。我告訴老媽：別再向花了七年才從大學畢業的人尋求醫學建議了。

是啊，我說，一群蝸牛！說到診所，我可囉嗦了。

診所囉嗦，蕾夢娜用沙啞的嗓音說，我看得出她累了，所以我又說了一句話，那就是：嘿，重點是一切都會沒事的。

她閉上眼睛說：是啊，一切都會沒事的。

唔，與此同時，跟愛蜜卡的約會根本還沒開始就出岔子了。當然會這樣，因為我憑什麼認為我有資格期待好事發生在自己身上？

＊

就在我們要坐下時，她表示：聽著，我得立刻說一件事。我不知道你為什麼約我喝一杯，我也不想太自作多情，不過我想我該告訴你，我算是已經喜歡上某個人了。

我表示：噢，好，不，那不成問題。妳喜歡的人是我，對吧？

她看起來十分不自在，表示：不是，抱歉。

我表示：不，我懂，我只是開玩笑。

於是她看起來更加不自在，表示：噢，很酷的笑話。

我表示：唔，我們真是相談甚歡。

她表示：不過我真的喜歡你這個朋友，你想跟我多花點時間相處讓我很開心。

我表示：唔，告訴妳個好消息，妳之後不用怕上班時會尷尬，因為我大概很快就會被炒魷魚了。

她表示：你為什麼這麼認為？

我告訴她我聽到什麼，也就是古塔先生和白人女士要把前十位總統找回來，用新的超級總統取代另外十個總統，而哈里森說我們兩個都在劫難逃。

愛蜜卡說：可是你不能把自己跟班傑明．哈里森歸為一類。古塔先生當然會想擺脫他；那傢伙是個討厭鬼。他總是躲在總統大頭裡看我的胸部。

妳怎麼知道？

因為整顆頭都垂下來。

他為什麼不光用眼睛看就好？

我怎麼知道！他就是個白痴。不過我的重點是，你跟他不一樣。你工作認真，大部分時候態度良好，事實上，這就讓你和這裡很多其他男人有區別了。如果問我的意見，我認為你該努力爭取一下。

可是聽到這裡我表示：要爭取什麼？如果他要取代最後十個人，要不就有我，要不就沒有我。我什麼辦法也沒有。

愛蜜卡表示：等一下，你剛才說最後十個人？

我表示：是啊……

愛蜜卡想了一下，然後湊近我。她表示：聽我說，我在「沒人可以進去的額外辦公室」

待了一下子……

我表示：真的假的？

她表示：我知道嚴格說來我不可以進去那裡——沒人可以——不過除了保全部的阿米爾之外，我通常是第一個到園區的人，而那裡頭好靜謐……

我很激動：那個大傢伙不就住在那裡嗎？

她說：我光是談這件事，可能就會惹上麻煩。不過我的重點是那個白人女士把那一間當作她的辦公室，所以她跟古塔先生在那裡頭談過很多話。

哪方面的談話？

唔，我不知道。如我所說，我只是趁一大早進去那裡，然後在有人出現之前閃人。但他們在那裡準備了一面大白板，上頭寫著所有總統的名字，而他們一直在重新排列，調換名單的順序。

排序的根據是什麼？

我不知道，但華盛頓和林肯總是在最上面，第一和第二。而最底下的一直在換，不過通常是類似海耶斯、皮爾斯、菲爾莫爾什麼的。

那我呢？切斯特・亞瑟？

愛蜜卡皺起眉頭，然後說：如我所說，名單一直在換。

所以墊底的人是誰並沒有定論——並不是說根據歷史上的重要性之類的？

老實說，如果要我猜的話，我會說是根據商品銷量。

於是我心想這可不妙，因為我實在沒有什麼商品可以推銷。不過我內心另一個部分說：嗯，還有一絲機會。

所以坐公車回家的路上，我就在腦子裡計算起來，像這樣：好，誰絕對會留下？絕對是近代的那些總統——憑良心說，是回溯到小羅斯福之後的所有人——因為老人最喜歡跟他們人生中有過的總統合照了。還有前十位——他們絕不可能特地把他們找回來然後再炒他們一次魷魚。所以，這已經有二十四個幾乎擁有免死金牌的總統了，而我甚至還沒算到林肯。

我開始驚慌失措，不過接著我便意識到，在泰勒和小羅斯福之間，能有鐵飯碗的差不多也只有林肯和老羅斯福而已。

然後還有像格蘭特和柯立芝那樣的傢伙——不保證能留下來，但絕對比我多了點勝算——而如果我們真的要精確一點的話，大概也可以把威爾遜丟進那個類別。胡佛和布坎南也許可以僥倖擠進來，純粹因為他們做得夠爛，而大家很愛聽加菲爾德和麥金利被暗殺的故事。

所以這麼一來就只剩下十一個總統了，包括我在內。我可以比他們十個更吸引人嗎？我列了個名單，一遍又一遍地瀏覽：

波爾克
泰勒
菲爾莫爾
皮爾斯
安德魯．詹森
海耶斯
克里夫蘭
班傑明．哈里森
塔夫特
哈定

這些是我得擊敗的對象。很難纏，但絕對可行。他們大部分人可能根本沒意識到自己已經大難臨頭，就算有人發現，他們大概也會像哈里森一樣在心裡想：唔，如果我已經要被炒魷魚了，幹嘛還那麼認真工作呢？

＊

隔天，我準時報到，而且準備好上工。以我的角度看，我認為我需要來個三管齊下。

第一管是在古塔先生面前展現出專業態度和尊敬。早安，古塔先生，我說。這真是美好的一天，很適合教育我們的貴賓關於總統的歷史，我說。

第二管是激發園區遊客對切斯特．亞瑟的興趣。這方面我能做的實在有限，因為大部分的人不會一來就想著：老天，我等不及要見到切斯特．亞瑟了，而且可能會買一些跟切斯特．亞瑟有關的商品。不過事實是我可以利用我對園區運作方式的知識。譬如說，老羅斯福總是抱怨他在下午差不多一點時工作爆量，因為那是「迷你拉什莫爾山[6]」開放的時間，但林肯要到「解放慶典」結束後才會過來，而現在華盛頓和傑佛遜已經被一個幾乎不通人性、

6　拉什莫爾山（Rushmore）是位於美國南達科他州的國家紀念公園，園內有四座高達十八公尺的總統頭像，分別是華盛頓、傑佛遜、老羅斯福和林肯。

流著口水的巨人取代，他還需要一直被拴在柱子上——為了小孩子的安全著想——唔，這害老羅斯福一個人要當四個人用。

其實呢，羅斯福已經算是對我有好感了，因為有一次，在我的車還沒被偷之前，他看到我騎自行車上班，然後大約有一星期的時間，每當他看到我在「通往更好的明天之橋」另一頭時，他都會大叫：嘿！自行車男！而我會說：是啊！對喔！

所以現在跟他搭話並不難，我可以跟他說：嘿，老兄，我應該可以幫你度過一點鐘的危機。我一點鐘幾乎沒事幹——我那一區完全是空的——所以如果你把人群往我這裡趕，我完全可以罩得住。

他表示：好啊，可是我要怎麼做？

我告訴你怎麼做。你就跟他們說：以前哪，在政壇領先別人只能靠不正當手段。我個人是超級值得尊敬的人物，但要不是有《潘德頓法案》，我絕對當不上總統。當他們說：《潘德頓法案》是什麼？你就說：你們何不去問切斯特·亞瑟？

他表示：你是說真的嗎？我是說，要不是有你剛才說的什麼什麼法案，我就當不上總統？

我表示：聽著，老兄，沒人能確定要是沒有《潘德頓法案》到底會怎麼樣——時間是一條有很多分岔、又只往一個方向流的河——但我們確實知道有一項改革法案通過了，然後多年之後你當上總統。我不認為說這兩件事絕對有關聯會太牽強。

他表示：好啦，唔，事已至此，我什麼都願意試。

好極了。所以你說完那些話之後，如果他們還是猶豫不決，你可以說：也許沒有人比切斯特．亞瑟對美國總統史的軌跡造成更大的改變了。

他表示：嗯，我才不會這麼說。

我表示：是啊，這部分太誇張了，不過其他部分呢？

他表示：嗯，其他部分，好吧。

我的計畫的第三管——我並不是很樂於執行這一管——就是把其他一些人變成犧牲品。我們有一種匿名的卡片，叫做「別問你的國家能為你做什麼」，這是讓我們在目擊其他員工違反園區政策時，填寫來舉發用的。每個人都把這卡片視為大笑話，但事實是每天都有很多違規事件在上演。譬如說，每個人都知道海耶斯在園區裡抽電子菸，雖然園方嚴格禁止。我填了一張「不要問你的國家能為你做什麼」卡片舉報海耶斯抽電子菸的事，當天晚上古塔先生就把他叫進辦公室。

我對這件事一方面感到噁心，因為海耶斯偷抽電子菸真的有傷害到任何人嗎？同樣被我寫卡片打小報告的皮爾斯，他一再引述時代錯誤的資料，又有傷害到任何人嗎？或是菲爾莫爾讓三個小孩同時玩「菲爾莫爾的引水槽」，不顧「菲爾莫爾的引水槽」的設計是一次只讓兩個「菲爾莫爾的朋友」享受歡樂？可是另一方面，園區的政策很明確，而外面的世界人不為己天誅地滅，再說到了這時候，我可不是只需要顧好自己——有人在依靠我——如果其他總統要犯愚蠢的錯誤而曝露要害，那麼也許他們根本不配當總統。

有一個人我沒寫在卡片上，那就是班傑明．哈里森，即使他絕對隨時都在違反規定，譬如說我看到他在跟遊客聊他蒐集的劍，而到底是真正的班傑明．哈里森有蒐集劍還是他只是在說自己的事，沒人知道。但他對我一向還算厚道，而我覺得在這個嗜血的世界裡，「忠誠」總是有一些價值，否則我們還活著幹嘛？

所以我實行三管齊下計畫後過了一週，古塔先生把我叫進他的辦公室。我對你最近的表現真是刮目相看，他表示。

我表示：只是做好我的工作。

他表示：公司的高層也都很滿意。亞瑟的商品銷量暴增。我要你知道，相關的人已經注意到這件事了。

我表示：真的很高興聽到這件事，先生。

你對我很尊敬，他表示。你對這份工作很尊敬。不是每個人都能做到。

我表示：不是嗎？

他表示：我知道大家都想過得開心，但這是工作，大家需要有這份認知。

噢，絕對的。我一直都這麼想，百分之百，把它當成工作什麼的。

我也不喜歡當壞人，他說。我知道大家都認為我是個難搞的混蛋，但我承受著各方施加的壓力，你知道嗎？

我說：嗯，我懂您的意思。

他說：好，嗯，繼續加油。

坐公車回家的路上，我心裡第一次沒把古塔先生當成只是我的上司，而是當成一個活生生的、有感覺的人。我好奇當他被雇來管理這個園區時，他是否意識到這群總統會一個比一個還混蛋。我知道我把自己的工作做好，也等於讓他的生活輕鬆一點——即使讓古塔先生的生活變輕鬆，並不是我把工作做好的**出發點**，我也並不討厭這個部分。知道我的努力有人注意到了感覺也很不錯，因為有太多時候人生的教訓是一切都建立在狗屁上，你做什麼都沒有用。難得有一次，我感覺我對自己的命運有一點掌控權是很酷的事，尤其是因為蕾夢娜的病情惡化了，她得住院兩天觀察，而且可能得再動一次手術。

＊

隔天我鬥志昂揚地早早去上班，只是為了維持我的好形象——而且也是因為公寓裡少了蕾夢娜，我才發現我的公寓真的很遜。我搭上還開著燈的首班公車，當我出現在園區時，那裡只有保全部的阿米爾和愛蜜卡。

你來得真早，她表示。

我表示：是啊，抱歉。我知道妳早晨喜歡獨處。

她表示：其實你來得正好，因為我想讓你見一個人。還記得我跟你說我戀愛了嗎？

這下我真的後悔提早來上班了，因為我已經感覺得出來狀況會變得很複雜。

她帶我到「沒人可以進去的額外辦公室」，我表示：愛蜜卡，我相當確定我們不該來這裡。

她表示：安啦，沒人會知道；我每天都來。

華亞傑麥．門亞傑范哈泰在角落裡，被鐵鍊拴在牆上，眼露凶光，呼吸粗重。

嗨，寶貝，愛蜜卡表示。華亞傑麥．門亞傑范哈泰繼續做他的事，也就是坐在地上，被鐵鍊拴在牆上，眼露凶光，呼吸粗重。

我表示：妳愛上的人就是他？

愛蜜卡微笑。你能理解，對吧？

華亞傑麥粗聲嘟囔：延長的大火……不證自明……艾比蓋兒！

他縮起身體成蹲坐姿勢，開始削一根棍子。

我表示：妳別誤會，再說我也未必總是很會看人，不過他似乎有點像狂野的怪物。

他不是怪物！我愛他。我餵他吃整顆洋蔥，他就像吃蘋果一樣把它們吃下肚。

現在我在想：如果愛蜜卡哈的是這一款，那我從一開始就沒有追到她的希望。

愛蜜卡表示：我知道很難理解。我一開始也很怕他，不過他真的是很溫和的人，而且他有十個人的心。你說對不對，華亞傑麥？

華亞傑麥抬頭看著我們，粗聲道：濫用自由是骨和腱，**艾比蓋兒！**

愛蜜卡說：沒錯，華亞傑麥。

我說：妳知道嗎，我們真的不該在這個房間裡，我們可能會惹上大麻煩的。

不知為何，愛蜜卡哭了起來，表示：他知道他不屬於這裡，但他的存在不是他的錯。在實驗室裡製造他的人又不是他。

最糟的部分是，這下我比原本更愛愛蜜卡了，因為我看到她為了另一個男人如此激動，他甚至不是真正的男人，而更像是詭異畸形的歷史大雜燴。我想抱住她、撫摸她的髮絲，告訴她一切都會沒事的，但我們畢竟在工作場合，而自從艾森豪戳了油炸Oreo攤位那女孩的屁股後，園區人員行為規範就針對合宜和不合宜的觸碰作出非常明確的指示。

幫我一個忙就好，愛蜜卡表示。看著他的眼睛，告訴我你沒有看見我所看見的。

我看著他的眼睛，我看見愛。我看見憎恨和憤怒。我看見革命與榮譽與恥辱，同時出現。

於是我說：好吧，沒錯，他似乎是個酷傢伙。

他吐在一個桶子裡。

我很害怕，她說。那個白人女士一直在說他們要打造一個新的超級總統。更大，更聰明，更好。等那個新傢伙準備好了，華亞傑麥會怎麼樣？

我表示：我相信他們自有安排。

她表示：是啊，他們打算殺了他。

妳並不知道是這樣。

她開始發抖：我知道是這樣，他們要殺了他。我們需要做點什麼，我們不能就這麼任由他們……

看到她這麼激動，使得那怪物也激動起來，他開始搖晃，並且兇狠地低吼。

我表示：愛蜜卡，妳必須冷靜一點。我朝她跨出一步，華亞傑麥整個抓狂，一邊狂吼一邊拉扯他的鐵鍊，整張臉都漲紅了。

暴政和壓迫，艾比蓋兒，他表示。

搞什麼鬼？我表示。

愛蜜卡說：沒關係，華亞傑麥，噓，沒事，我很安全；你很安全。

華亞傑麥輕聲嗚咽。

你瞧，愛蜜卡說。他想保護我，這就是愛。而我們需要保護他。

我表示：為什麼是我們？我光是想要保住飯碗就一個頭兩個大了，我為什麼還非得蹚這混水？

她表示：因為你有顆善良的心。

我表示：嗯，這我不確定。我絕對沒有十個人的心。

她表示：是沒有，不過也許可以抵得過兩、三個人。

她掛著眼淚微笑，我心想：我怎麼拒絕得了這張臉？

妳看起來真美，我表示。

我一說出口就整個人往後縮，因為「妳看起來真美」是園區人員行為規範裡概述不該對同事說的話之一，而且廣泛而言，當某個女孩正在告訴你她有多愛另一個男人——不對，是在同一個身體裡的十個男人——時，對她說這種話還滿蠢的。

不過愛蜜卡對我微笑，表示：那當然，人家正在戀愛嘛。

所以我表示：唔，我們就先靜觀其變吧，不過暫時先不要輕舉妄動，好嗎？

她表示：嗯，好，沒問題。

＊

古塔先生在我午休時把我叫進他辦公室。從法蘭克與費莉西緹．費爾丁基金會來的白人女士也在場，她滿臉堆笑。

真是好消息，他表示。我們對你扮演切斯特．亞瑟的工作表現非常滿意。

我表示：確實是好消息。謝謝您！

他表示：是啊。不過我們要中止這個角色了。

什麼?!為什麼？這樣大家要怎麼了解關於《潘德頓法案》的知識?!

白人女士微笑說：費爾丁企業正在打造新的混種總統，再過一星期就能完成了。

古塔先生說：等新的混種進來後，我們就要把你調到新的角色。我們在考慮……吉米・卡特？

所以現在我在想：見鬼，我出運了。不過我也沒想到新的怪物總統這麼快就做好了，這對現有的怪物總統，以及剛好愛上他的女人，都不是好消息。

古塔先生表示：對了，請不要向任何人透露我們在這裡的對話內容。這項資訊顯然非常敏感。

我表示：噢，絕對是的，沒錯。

＊

那天晚上，我去醫院看蕾夢娜，並且把整件事說給她聽。

我感覺愛蜜卡快要做出什麼魯莽的事了，我表示，但她的心很純潔又善良。

蕾夢娜表示：嗯，我不知道耶，這女的聽起來瘋瘋癲癲。我覺得你只是被她的肉體給迷住了。

我表示：也許吧……不過萬一她是對的，華亞傑麥真的有危險呢？

蕾夢娜表示：嗯，這是個好問題，我沒想到。好吧，就照那個辣妹說的去做吧。

可是另一方面，古塔先生也是個好人，撒謊騙他感覺很糟，尤其是現在他還要幫我升職。

蕾夢娜表示：嗯，這就是熟食店櫃台的人所謂的真正的醃黃瓜[7]狀況。噢，我知道你該怎麼做了！

什麼？

她表示：只要想想——再說一次你扮的是誰？

我說：這個嘛，目前是切斯特．亞瑟，但下星期他們要把我調換到吉米．卡特。

她表示：哇，好喔。所以只要想想——切斯特．亞瑟和（或）吉米．卡特會怎麼做？

我他媽哪會知道？他們從來不需要處理這種鳥事。

好吧，我要去睡了——他們早上好像又要對我動手術了。

我表示：又要？為什麼？

她表示：我不知道，我都記不清楚了。也許上次有個醫生把她的訂婚戒指留在我的身體裡，所以現在她想要拿回去。總之，你再告訴我你的事結果如何，好嗎？

我思考蕾夢娜的建議。事實是，要是切斯特．亞瑟發現自己面臨這種狀況，我覺得他大概會抱上級的大腿，告訴古塔先生愛蜜卡跟那個被鍊在白人女士辦公室的變種生物在偷偷談戀愛。切斯特．亞瑟總是耍那種賤招——我是說，不是完全一樣，但是類似的事。

另一方面，吉米・卡特似乎是個軟心腸的傢伙，我覺得他大概會保護朋友的祕密，所以我猜如果我要當吉米・卡特，我大概應該採取吉米・卡特的做法。

＊

隔天我去上班時，看到那裡有警察。

出了什麼事？我表示。

班傑明・哈里森表示：華亞傑麥落跑了。

我表示：真的假的？

哈里森表示：阿米爾今天早上來上班，發現米蓋爾不省人事。他們覺得他被下藥了。整件事還滿搞笑的。

哪裡搞笑了？我表示。

他大放厥詞：因為在這些有錢的科技人士開始扮演上帝之前，園區本來運作得好好的。他們是活該啦，真人是不能用人造人來取代的。

7　**in a real pickle** 是陷入困境的意思。

我吐槽他：你這話應該說給你的加大尺碼性愛娃娃聽。

他說：你明知道這完全是兩碼子事。

每個人都被叫進去和古塔先生還有白人女士開會，一次一個人。

你知道任何事嗎？古塔先生表示。

我表示：我從來不知道關於任何事的任何事。

白人女士傾向前，表示：你明白那是公司財產，對吧？那個混種值幾十萬美元。

我表示：這錢花得真值得，對吧？

古塔先生表示：好了，唔，如果你聽說什麼，你會讓我們知道？

我表示：嗯，當然會。

我走出古塔先生的辦公室，立刻彎進服裝部。

愛蜜卡在那裡，臉上掛著緊繃的笑容，警察則在翻查她的東西。

嘿，我可以跟妳說一下話嗎？我表示。

愛蜜卡表示：現在不行，不要。

也許去外面聊一下，我可以跟妳說話，我表示。

愛蜜卡表示：真的不是好時機，不過我很願意晚點聊。

就在這時我的手機響了，是老媽。我走出去接聽。

你究竟在哪？她表示。

我在上班啊，媽。我正在——

好吧，嗯，我只是想打個電話，因為你妹妹今天要動手術，而你根本不關心。

我確實關心，媽。我非常關心。

但她話還沒說完。你不關心你妹妹得癌症，她表示。

我表示：不要說這種話。不要說那兩個字。

哪兩個字？「癌症」？她得的是那個病——你應該知道吧？

對啦，媽，我知道，但蕾夢娜的病就像太陽，好嗎？我沒辦法直視它。

她表示：唔，你需要直視它，因為她搞不好會死——

我說：她不會死啦，媽。醫生是專業的。

她搞不好會死，老媽繼續說，而你這輩子都要帶著愧疚活下去，因為你得「上班」而沒有到場陪在她身邊。

我說：妳為什麼要特別強調「上班」兩個字？「上班。」並不是「上班」，就只是上班，好嗎？這是我的工作。我不能不上班，現在的狀況很不穩固。我正在處理的局面妳根本——

你妹妹要去動手術了，她現在很害怕。
我表示：妳要去工作嗎？因為如果沒有的話，誰要付這筆手術費？
她表示：你明知道我的手會抖，沒辦法工作。
我說：我知道，媽。可以請妳讓蕾夢娜聽電話嗎？
我晃到娛樂城，在「麥金利靶場」一旁邊徘徊。
蕾夢娜接過電話說：真希望你在這裡，老媽氣得半死。
我說：我也希望我在那裡。妳還好吧？老媽說妳很害怕？
蕾夢娜說：沒啦，你也知道老媽就喜歡大驚小怪。我不會有事的。
我表示：我就是這麼跟她說的！
我聽到老媽在另一端說：妳以為妳是無敵的，妳不明白這件事有多嚴重。
我表示：什麼，她現在是試著嚇唬妳嗎？
蕾夢娜笑了，表示：對啊，媽，妳為什麼要試著嚇唬我？
我隔著娛樂城跟保全部的阿米爾對到眼神，他開始朝我走來。
我表示：聽著，我得走了，但我愛妳，好嗎？
蕾夢娜表示：好啦、好啦，我知道。

我掛掉電話，表示：嘿，阿米爾，這事很瘋狂對吧？哇。

他表示：你昨天滿早來上班的。

我說：阿米爾，我不知道你在想什麼——

他打斷我的話：嘿，老兄，我昨天下班的時候那個怪物還在，我今天來上班的時候他就不見了。米蓋爾值班的時候發生什麼事不是我要操心的問題，我也不打算沒事去攪屎。

我表示：我也不想攪屎，老兄。那算是我的頭號法則：不要攪屎。

阿米爾表示：嗯哼，我只是說，因為你一直對我很好，而我不知道你現在捲進什麼瘋狂的事，不過要是他們從面談中問不出任何線索，他們就會打開那段保全錄影畫面了，然後他們就會知道誰進過哪個房間。

我表示：噢，慘了。

是啊，所以我只是在想，如果我是你的話，也許我會想先下手為強，趁著還有機會的時候抖出真正惹麻煩的人。

＊

從上頭傳下來的風聲表示園區將如常開放，同時警方會繼續調查，所以我們都應該換上人偶裝然後前往各自起始的位置。我在「通往更好的明天之橋」附近就定位，不過很難集中精神。

我傳簡訊給愛蜜卡：「現在究竟是什麼狀況？」

她回傳簡訊：「我發誓我也一頭霧水。」

警察仍在園區內走動，不過為了不驚嚇到遊客，古塔先生讓他們都穿上人偶裝。服裝部有準備多的人偶裝，因為遇到大選的年分，園區總會多準備另一套人偶裝，以防選舉結果爆冷門。所以現在我們突然可以看到杜爾和杜卡基斯和羅姆尼這些人像幽魂一樣悶不吭聲地在園區內遊走。

一度有一家人過來和我拍照。那家人的爸爸很興奮地說：聽說我們應該過來跟你聊聊《潘德頓法案》。

我完全不知道他在說什麼。

＊

午休時，我收到老媽的簡訊，它說：「馬上過來這裡。」

我打給她，但她沒有接。

我再打一遍，但她沒有接。

我溜出園區，把我的人偶裝和切斯特．亞瑟的大頭塞在「淚水之路礦車」入口附近的樹叢後頭，跳上最快的一班公車到醫院，在蕾夢娜的病房外遇到一位醫生。

我表示：出了什麼事？

醫生表示：這個嘛，我們現在面臨最典型的好消息／壞消息狀況。手術很成功，但她醒不過來。

我表示：什麼叫她醒不過來？你的意思是她死了嗎？

不是，不是死了！她只是陷入昏迷。

你們讓她陷入昏迷?!

對，但我們認為我們已經根除了她症狀的源頭，所以如果她醒過來，她就完全好了！

我表示：**如果**?!

然後他說了一堆我聽不懂的冷僻醫學用語，並給我看一些圖表和X光片，最後總結道：如我所說，手術很成功。

但她昏迷了，我表示。

他表示：對。

如果我妹妹昏迷了，我認為手術他媽的並不成功，不是嗎？

他表示：我看得出來你很沮喪。我們正在監測你妹妹的狀況，我們會隨時通知你任何的——

就在此時，他的手機響了，他表示：抱歉，我得接這通電話。我女兒要知道她能上哪所大學了，這是很令人興奮的一刻。他接聽電話，表示：喂？普林斯頓?!太棒了！邊說邊走開了。

我敲敲門，老媽閃身溜到走廊上。

我表示：妳在想什麼啊，為什麼不接手機？

她表示：你去哪了？你應該在這裡的。

噢，妳認為如果我在這裡，醫生們就會說：噢，我們不要讓她昏迷？妳覺得我是這件事缺少的元素？

她表示：你說得對，我真笨。你從頭到尾都沒出現是好事。

我說：對不起，媽，好嗎？妳說得對。我很抱歉。醫生還有跟妳說別的嗎？

沒有，什麼消息都沒有。沒有人願意跟我說話。

唔，如果有任何變化，妳會讓我知道，對吧？

她表示：進房間來吧，坐下來。

我不能進去，我表示。我不能看見她那個樣子。等她醒過來，我會回來的。

老媽表示：萬一她醒不過來呢？萬一她死了呢？

我表示：唔，如果她死了，那麼我現在看她或是等她死了再看她，都沒有差別，對吧？

老媽表示：你是怎麼回事？

我表示：我得回去上班了，媽。

＊

我試著偷偷溜回園區裡，可是古塔先生看到我了。

你跑到哪去了？他表示。

我表示：對不起——我妹妹——

他表示：今天什麼事都不順，你懂嗎？華亞傑麥．門亞傑范哈泰還下落不明，所以我不能在這個時候表現出不能掌控總統們行蹤的樣子。

我說：我跟您說，華亞傑麥的特徵是他有三公尺高，而且是用很多總統拼湊起來的變種複製人。我覺得他遲早會現身的，也許大家不需要這麼驚慌失措。這並不是生死交關的事。

這就是生死交關的事，古塔先生表示。我會因為這件事被炒魷魚的。我把一切都投注在這座園區上了。我有家庭，你應該能體會吧。如果你知道什麼——任何資訊——請你告訴我。

而我表示：我跟您說，老大，這裡沒人會跟我說任何事。

＊

我才剛回到「通往更好的明天之橋」旁邊的定點，就看到河對岸有個戴著陌生大頭的男人用手勢示意要我過去。

我想那是艾爾·高爾。

我用手勢回應，表示：你找誰？我嗎？

而他比手勢，表示：對，過來這裡。

我匆匆趕過去，心想：幹，這下我得回答一大堆警察問的問題了，這大概會留下某種永久性的犯罪紀錄，我媽發現時一定會大抓狂，我該找律師嗎？因為我半個律師都不認識，而我應徵當總統時絕對不是為了接受這種待遇。

但艾爾·高爾不發一語，只是示意要我跟著他，然後他就開始走了。他帶我去「巴拿馬運河」，那是一條室內乘船河道，五年前就封閉不用了，因為有些機械偶的造型在文化方面政治不正確。

我們從一道後門溜進去，在黑暗中，我看出華亞傑麥．門亞傑范哈泰沉睡的輪廓窩在灌木叢裡，我聽到他在睡夢中囈語：欺騙……山藥……

我轉向艾爾．高爾，表示：聽著，老兄，我不知道這傢伙怎麼進來這裡的，我跟這件事沒有關係。

艾爾．高爾脫下艾爾．高爾的大頭。是愛蜜卡。

搞什麼鬼？我表示。妳為什麼在簡訊裡說妳不知道他在哪裡？

愛蜜卡表示：你不認為他們有在監看我們的手機嗎？

聽著，這事現在已經很大條了，好嗎？華亞傑麥是很有價值的財產。

他不是財產好不好？你不能擁有一個人！

我爆發了：華亞傑麥那十個總統大部分都有蓄奴！

她翻白眼，說：那大概是兩百年前的事吧。

我說：這地方到處都有監視器，我們兩個現在隨時都要惹上大麻煩了。

愛蜜卡搖頭。那些監視器沒有作用；它們只是擺在那兒嚇唬你的。

妳怎麼知道？

因為我去過保全部的辦公室！他們僅有的螢幕就只連接到園區出入口的監視器——所以我們還沒有離開園區。

現在還不算太遲，我表示。如果妳現在向古塔先生自首——如果可以由他把華亞傑麥還給費爾丁企業的那些人——

愛蜜卡大叫：華亞傑麥不會回去費爾丁企業！

華亞傑麥由沉睡中甦醒，發出一聲華亞傑麥式的怒吼。

我表示：嘿，噓，他媽的安靜一點。妳認為妳能把這傢伙藏在這裡多久？

愛蜜卡表示：唔，我希望你能幫我呢。你有輛廂型車對吧？

我表示：不對，我沒有廂型車。

她表示：我以為你有輛廂型車。

我表示：沒有啦，我搭公車。

她表示：我為什麼以為你有輛廂型車？

我表示：我哪會知道妳為什麼會有任何想法！

可是這時候我靈光一閃，我立刻痛恨自己把想到的事說出來：哈里森有一輛廂型車。

愛蜜卡瞪大眼睛。哪一個哈里森？

班傑明．哈里森。他把他的性愛娃娃放在車上。

她表示：我的天啊，你可以幫我跟他說嗎？我需要那輛廂型車。

妳為什麼不自己跟他說？

我又不像你跟他是朋友！拜託嘛，亞瑟總統？你可以幫我跟班傑明．哈里森說嗎？

我從來沒想過這件事，不過我發現愛蜜卡連我的真實姓名都不知道。

我說：好，我幫妳跟哈里森牽線，不過從現在開始，別再把我扯進這件事，好嗎？我不想跟妳的計畫有任何瓜葛，我不想知道妳的計畫，我不要牽涉進去，好嗎？

她說：好，你只要幫我弄到那輛廂型車，我就再也不拿這件事煩你。

所以我找哈里森談，一開始他表示：我幹嘛要幫她？那個跩得要命的賤人每次都把我當怪胎。現在她想要我的性愛娃娃專車？唔，看看這下誰是怪胎了？

我表示：就當作你在演《X戰警》電影嘛，華亞傑麥是被迫害的變種人，而你是X戰警，他需要你救他。

哈里森考慮了一下，說：好吧，可是我們把他弄上我的車以後，下一步計畫是什麼？

我表示：我不知道，去問愛蜜卡。我不想跟這事扯上任何關係。

他表示：她會需要我帶我的劍來嗎？

＊

我回到我的崗位，試著認真地當一下切斯特．亞瑟。我想到不管這一切如何收場，這大概都是我最後幾次擔任切斯特．亞瑟了，老實說我的心情還真是悲喜交雜。我想到在《潘德頓法案》通過後，真正的亞瑟總統在大會上一定感覺很嘔，因為他自己的黨甚至都不提名他重新參選。我覺得自己像其他人一樣拋棄亞瑟總統，心裡有點過意不去，但同時我也愈來愈覺得，在政治的世界裡，你要懂得照顧自己，因為沒有別人會照顧你。

突然間，園區另一頭傳來巨大的碰撞聲以及廂型車車輪尖銳的磨擦聲。好像還有槍聲？一群人從我身邊跑過去，但我的腳像生了根似地釘在「通往更好的明天之橋」旁邊，因為如我剛才所說的，我要照顧自己什麼的。

愛蜜卡打給我，我沒理。

哈里森打給我，我沒理。

畢竟，在穿著人偶裝的時候是不該使用手機的。這是園區的政策。

幾分鐘後，布坎南晃過我身邊，說：嘿，老兄，古塔先生要你去他辦公室，白人女士也在。

我開始往那裡走，但接著我又想：這好蠢。

所以我離開了。

＊

我搭公車去醫院，把手機關機。

我連續關機好幾天，坐在沉睡的蕾夢娜身邊陪她。

我對她說話、唱歌給她聽，沒在對她說話時就跟老媽說話。我告訴老媽一切都不會有事的，說蕾夢娜愛她，所以不會離開她，說蕾夢娜很堅強。於是我終於了解我媽為什麼要我待在這裡了。

在某一刻我打起瞌睡，然後我被輕柔的叫嚷聲喚醒：嘿！醒醒，笨蛋！

是蕾夢娜，她掛著虛弱的笑容。

她表示：是怎樣，你要睡一整天嗎？好戲開鑼啦。

妳醒來多久了？

她說：我不知道，幾分鐘吧？

我看看周圍。老媽呢？

蕾夢娜表示：我不知道啦，老哥，我才剛醒過來耶。現在我得負責掌握每個人的動態啊？

我按下她床邊呼叫醫生的按鈕。

她表示：嘿，你工作上那些狗屁倒灶的事進展得如何？

我表示：嗯，我看是做不下去了。

她表示：你很喜歡那份工作耶。

我說：也沒有啦，我沒那麼喜歡。

她說：可是你喜歡的那個妹子怎麼樣了？還有那個怪物？還有他們要帶來的新怪物？

我說：我不知道。我告訴妳，老妹，我都待在這裡。

她說：我睡著的時候你一直都在這裡嗎？你不用做到這樣。

是不用，我說。我也沒有做到這樣。我來得太晚了。不過老媽在這裡，一直都在。

蕾夢娜微笑說道：是啊，老媽就是這麼瘋狂。

我說：對啊。

我想到，愛一個人有點像當總統，它其實不會改變你，但它會讓你更像原本的你。

我們將在七月十八日星期五打（靠）烊（近），抱歉造成您的不便

我們將在七月十八日星期五打（靠）烊（近）。

我們將在七月十八日星期五極度靠近。僅此一夜，我會用雙手捧著你的臉，快速然後緩慢然後快速地吻你，我們會感覺到不可思議的連結，我們會告訴彼此一切。

在七月十八日星期五，我們會餵對方吃莓果，我們會嘟嘟囔囔地唱著印象有點模糊的營隊歌曲，我們會笑著說不久之前我們甚至還不認識呢，我們在搞什麼，竟然不認識彼此，我們是在愚弄誰啊，我們是在浪費誰的時間？

你坐在我的床上，回想你膝蓋上那個新月形的疤是怎麼來的，你作了個誇張的手勢，我看著香菸的火星像消散的螢火蟲一樣飛舞，暈頭轉向地試圖在我們一路脫下的衣服間找到安

身之處。

「我想徹底了解你。」我會對著你身體的每個凹陷處低語，彷彿這件事是可能做到的。我們會用我們大腿上的雀斑拼成星座，用早已死去的古老文明編織豐富的神話故事。

「你知不知道我會雜耍？」你會說，而我會說：「表演給我看。」

每一個夜晚都是七月十八日星期五的預演——我們必須準備好。一切都在悄悄地把我們往這一刻推——要不是我錯過那班火車，要不是你為了工作搬家，想想看會怎麼樣。

「我不想要明天到來。」你會嘆氣，當你為了這句感嘆的徒勞發出苦笑時，一滴眼淚不禁滑落。「我想要永遠都是七月十八日星期五。」

當早晨到來，我們的愛就像蟲子一樣，被光一照就四散奔逃。我們會面向牆壁穿上衣服，我們會忙亂地拿起手機，我們會成為陌生人。

我們會醒悟到，七月十八日星期五就像在此之前歷史上的每一天一樣，是一個時刻，是二十四小時的光影變化，僅此一次無法重來。

而那個悲傷的事實幾乎將我們徹底吞沒。

抱歉造成您的不便

致謝

在我寫書之前，我一向以為這是一件非常獨立作業的事，尤其相較於電視寫作的狂歡世界、劇本創作的集體藝術，以及空中書寫[8]的飛天莽勇。對多數書籍來說，這仍然可能是實情——我也不過就寫過這麼一本書而已——但單就這一本而言，要是沒有許多「不是我」的聰明又善良的人參與其中、提供許多幫助，它是不可能完成的，我對他們深懷感激。

首先，我要感謝Knopf出版社的Tim O'Connell和Anna Kaufman。再沒有更好的團隊能為我打氣，跟我激盪靈感，並在「我們確定要這麼寫嗎？」的念頭偶爾如千軍萬馬湧入我腦海的時候，溫柔引導我遠離最糟糕的衝動。

8 空中書寫（skywriting）為用飛機噴出的煙在空中形成文字，以達到廣告目的或宣傳效果。

我也要感謝我們的製作編輯Rita Madrigal、文字編輯Nancy Tan、以及校對人員Tricia Wygal和Lawrence Krauser。編輯過程是一趟美好的發現之旅，我發現我仍然搞不懂什麼地方該用連字號。（這些感謝詞一言以蔽之就是在說：謝謝你們幫忙讓我看起來不那麼笨。）

截至撰寫此文的當下，我尚不確定該對公關人員Nimra Chohan和Madison Brock以及行銷人員Julianne Clancy和Emily Wilkerson致上多大的感謝，因為她們辛勤耕耘的種子尚未開出花朵，但既然你現在讀著這本書，就表示她們把工作做得很好，我要謝謝她們！

還有，這本書好漂亮！這一點我要感謝我們的書封設計師Tyler Comrie和文字版面設計師Cassandra Pappas！

許多人從幾年前就開始讀了這些故事，並且回饋我他們的感想。我想特別感謝Caroline Damon、Dan Moyer、Stephanie Staab、Shary Niv、Jessica Hempstead、Lindsay Meisel、Suzanne Richardson、Natasha Vargas-Cooper、Julie Buntin、Lorraine DeGraffenreidt、Octavia Bray、Karen Joseph Adcock、Becky Bob-Waksberg以及Amalia Bob-Waksberg。我相信我還遺漏了很多很棒的人，同時我也刻意忽略很多糟糕的人，所以如果你沒看到你的名字，不管怎麼樣，你都是這兩類人之一。

我想要發揮一下好萊塢的作風，感謝我的代理公司，尤其是CAA的Mollie Glick和

Rachel Rusch以及Artists First的Joel Zadak，謝謝你們為這些故事找到一個家。

二〇一七年春天，有幾個故事曾在洛杉磯的正直公民大隊劇院（Upright Citizens Brigade Theatre）朗讀過。如果你打算出一本短篇小說集，我強力推薦你辦一場演出來看看行不行得通；這樣做非常有幫助。這場表演是由Lorraine DeGraffenreidt製作的，故事的朗讀者則是才華洋溢的Natalie Morales、Baron Vaughn、Will Brill、Emma Galvin以及Kate Berlant。感謝所有幫忙我辦起這場演出的人，也感謝每位出席者。

高中及大學時代，有幾位很棒的老師鼓勵我寫作，讓我收穫莫大，其中特別要感謝Jim Shelby、Paul Dunlap、Rachel Lurie、Chiori Miyagawa以及Dominic Taylor。

我要感謝我的家人，包括我的血親、姻親以及象徵意義上的家人，謝謝你們多年來的愛與支持。

最後，我要感謝我的老婆。這些故事差不多有一半是認識她之前寫的，一半是認識她之後寫的，而我深信如果按照寫作順序把它們一字排開，你可以精準地指出我的心是在哪一刻變得完整。

臉譜小說選 FR6578

誰會愛上你受的傷

Someone Who Will Love You in All Your Damaged Glory

原著作者	拉菲爾・鮑布－瓦克斯伯 Raphael Bob-Waksberg
譯者	聞若婷
書封設計	Bianco Tsai
責任編輯	廖培穎
行銷企畫	陳彩玉、楊凱雯
業務	陳紫晴、林佩瑜、葉晉源
出版	臉譜出版
副總編輯	陳雨柔
編輯總監	劉麗真
事業群總經理	謝至平
發行人	何飛鵬
	城邦文化事業股份有限公司 台北市南港區昆陽街16號4樓 電話：886-2-25007696　傳真：886-2-25001952
發行	英屬蓋曼群島商家庭傳媒股份有限公司城邦分公司 台北市南港區昆陽街16號8樓 客服專線：02-25007718；25007719 24小時傳真專線：02-25001990；25001991 服務時間：週一至週五上午09:30-12:00；下午13:30-17:00 劃撥帳號：19863813　戶名：書虫股份有限公司 讀者服務信箱：service@readingclub.com.tw 城邦網址：http://www.cite.com.tw
香港發行所	城邦（香港）出版集團有限公司 香港九龍土瓜灣土瓜灣道86號順聯工業大廈6樓A室 電話：852-25086231　傳真：852-25789337
馬新發行所	城邦（馬新）出版集團Cite（M）Sdn. Bhd. 41, Jalan Radin Anum, Bandar Baru Sri Petaling, 57000 Kuala Lumpur, Malaysia. 電話：603-90563833　傳真：603-90576622 電子信箱：services@cite.my
一版一刷	2021年10月
一版六刷	2024年3月
ISBN	978-626-315-016-4

售價：360元
（本書如有缺頁、破損、倒裝，請寄回更換）

國家圖書館出版品預行編目資料

誰會愛上你受的傷／拉菲爾・鮑布－瓦克斯伯（Raphael Bob-Waksberg）著；聞若婷譯. -- 一版. -- 臺北市：臉譜出版：英屬蓋曼群島商家庭傳媒股份有限公司城邦分公司發行, 2021.10
面；　公分. --（臉譜小說選；FR6578）
譯自：Someone who will love you in all your damaged glory
ISBN 978-626-315-016-4（平裝）

874.57　　110014185